U0657553

海 蒂

［瑞士］约翰娜·斯比丽 著
张丽丽 译

作家出版社

图书在版编目（CIP）数据

海蒂 /（瑞士）斯比丽著；张丽丽译. -- 北京：作家出版社，2015. 11（2016.3重印）
（小书虫读经典）
ISBN 978-7-5063-8347-9

Ⅰ. ①海… Ⅱ. ①斯… ②张… Ⅲ. ①儿童文学—长篇小说—瑞士—近代 Ⅳ. ①I522.84

中国版本图书馆CIP数据核字（2015）第236448号

海蒂

作　　者：［瑞士］约翰娜·斯比丽
译　　者：张丽丽
责任编辑：王　炘
装帧设计：北京高高国际文化传媒有限责任公司
出版发行：作家出版社
社　　址：北京农展馆南里10号　　**邮　　编：**100125
电话传真：86-10-65930756（出版发行部）
86-10-65004079（总编室）
86-10-65015116（邮购部）
E-mail:zuojia@zuojia.net.cn
http://www.haozuojia.com（作家在线）
印　　刷：北京盛源印刷有限公司
成品尺寸：148 × 210
字　　数：118千
印　　张：7
版　　次：2015年11月第1版
印　　次：2016年3月第2次印刷
ISBN 978-7-5063-8347-9
定　　价：22.00元

去呀！去呀！到山上去呀！

——约翰娜·斯比丽

名家寄语

我们也许逃不过这样的荒诞：阅读极其泛滥又极其荒凉，文化极其壅塞又极其贫乏。这里倒有一条安静的自救小路：趁年轻，放松心情读一点经过选择的经典。

——余秋雨

多出优良书，让中国的童年阅读更优良。

——梅子涵

名家谈阅读

孔　子　学而不思则罔，思而不学则殆。

莎士比亚　书籍是人类知识的总结。书籍是全世界的营养品。

培　根　读书使人充实，讨论使人机智，笔记使人准确，读史使人明智，读诗使人灵秀，数学使人周密，科学使人深刻，伦理使人庄重，逻辑修辞使人善辩。凡有所学，皆成性格。

歌　德　读一本好书，就是和许多高尚的人谈话。

普希金 读书是最好的学习。追随伟大人物的思想，是最富有趣味的一门科学。

高尔基 我读书越多，书籍就使我和世界越接近，生活对我也变得越加光明和有意义。

鲁　迅 读书无嗜好，就能尽其多。不先泛览群书，则会无所适从或失之偏好，广然后深，博然后专。

季羡林 书是事关人类智慧传承的大事。读书不是“天下第一好事”又是什么呢？

王　蒙 读书是一种风度，读书要趁早，要超前读书，多读经典。

于　丹 生活就是一锅滚开的水，它一直都在煎熬你，问题是你自己以什么样的质地去接受煎熬，最终会看到不同的结果。读书就是干这个的，就是滋养自己。

贾樟柯 我们心灵敏感之程度，或洞悉人情世故的经验，很多都来自阅读。

杨　澜 读书可以增加一个人的底气，也许读过的东西有一天会全部忘掉，但正是这个忘掉的过程，塑造了一个人的知识结构和举止修养。

著名翻译家 简介

吴钧陶 中国作家协会会员，上海翻译家协会理事，曾为上海太平洋出版公司编辑，人民文学出版社上海分社及上海译文出版社编审。

白　马 中国作家协会会员，浙江大学传媒与国际文化学院副教授、国际文化学系副主任，著名翻译家。

张友松 著名翻译家，在鲁迅的推荐下曾任上海北新书局编辑，建国后任《中国建设》编辑。张友松先生是马克·吐温中文译本第一人。

宋兆霖 著名翻译家，中国作家协会会员，迄今已出版文学译著五十多种，2000余万字，译著曾多次获奖。

刘月樵 中国翻译协会表彰“资深翻译家”，中国意大利文学研究会理事，中国国际广播电台意大利语部译审，著名翻译家。

黄　荭 巴黎第三大学-新索邦文学博士，南京大学法语系教授，博士生导师，著名翻译家。

晏　榕 著名翻译家，文学博士，教育部人文社科基金项目主持人，主要从事东西方诗学及文化理论研究。

作家版
经典文库

李自修　山东师范大学外国语学院教授，毕业于北京大学西语系，曾任教美国旧金山州立大学。

傅　霞　上海外国语大学博士，浙江理工大学外国语学院副教授，著名翻译家。

管筱明　湖南省作家协会会员，中南出版传媒集团资深编审，翻译著述颇丰，尤以法语为主。

黄水乞　厦门大学国贸系教授，著名翻译家。

姜希颖　浙江大学英语语言文学硕士，浙江外国语学院英语教师，主要从事美国文学、美国现代主义诗歌研究。

王晋华　英美文学硕士，中北大学外语系教授、硕士生导师，英美文学研究与译著多部。

王义国　翻译家，教授，英美文学研究和译著多部。

杨海英　浙江省作家协会会员，北京大学硕士，主要从事新闻工作和文学翻译。

姚锦镕　著名翻译家，任教于浙江大学，主要从事英、俄语文学翻译工作，译著颇丰。

张炽恒　外国文学译者，上海翻译家协会会员。

周　露　外国文学译者，俄罗斯语言文学硕士，浙江大学外语学院俄语副教授。

种好处女地

——“小书虫读经典”总序

梅子涵

儿童并不知道什么叫经典。在很多儿童的阅读眼睛里，你口口声声说的经典也许还没有路边黑黑的店里买的那些下烂的漫画好看。现在多少儿童的书包里都是那下烂漫画，还有那些迅速瞎编出来的故事。那些迅速瞎编的人都在当富豪了，他们招摇过市、继续瞎编、继续下烂，扩大着自己的富豪王国。很多人都担心呢！我也担心。我们都担心什么呢？我们担心，这是不是会使得我们的很多孩子成为一个个阅读的小瘪三？什么叫瘪三，大概的解释就是：口袋里瘪瘪的，一分钱也没有，衣服破烂，脸上有污垢，在马路上荡来荡去。那么什么叫阅读瘪三呢？大概的解释就是：没有读到过什么好的文学，你让他讲个故事给你听听，他一开口就很认真地讲了一个下烂，他讲的时候还兴奋地笑个不停，脸上也有光彩。可是你仔细看看，那个光彩不是金黄的，不是碧绿的，不是鲜红的。那么那是什么的呢？你去看看那是什么的吧，仔细地看看，我不描述了，总之我也描述不好。

所以我们要想办法。很多很多年来，人类一直在想办法，让儿童们阅读到他们应该阅读的书，阅读那些可以给他们的记忆留下美丽印象、久远温暖、善良智慧、生命道理的书。那些等他们长大以后，留恋地想到、说起，而且同时心里和神情都很体面的书。是的，体面，这个词很要紧。它不是指涂脂抹粉再出门，当然，需要的脂粉也应该；它不是指穿着昂价衣服上街、会客，当然，买得起昂价也不错，买不起，那就穿得合身、干干净净。我现在说的体面是指另一种体面。哪一种呢？我想也不用我来解释吧，也许你的解释会比我的更恰当。

生命的童年是无比美妙的，也是必须栽培的。如果不把“经典”往这美妙里栽培，这美妙的童年长着长着就弯弯曲曲、怪里怪气了。这个世界实在是不应当有许多怪里怪气、内心可恶的成年人的。这个世界所有的让生命活得危险、活得可怜、活得很多条道路都不通罗马的原因，几乎都可以从这些坏人的脚印、手印，乃至屁股印里找到证据。让他们全部死去、不再降生的根本方法究竟是什么，我们目前无法说得清楚，可是我们肯定应该相信，种好“处女地”，把真正的良种栽入童年这块干净土地，是幼小生命可以长好、并且可以优质成长的一个关键、大前提，一个每个大人都可以试一试的好处方，甚至是一个经典处方。否则人类这么多年来四面八方的国家都喊着“经典阅读”简直就是瞎喊了。你觉得这会是瞎喊吗？我觉得不会！当然不会！

我在丹麦的时候，曾经在安徒生的铜像前站过。他为儿童写过最好的故事，但是他没有成为富豪。铜像的头转向左前方，安徒生的目光童话般软和、缥缈，那时他当然不会是在想怎么成为一个富豪！陪同的人说，因为左前方是那时人类的第一个儿童乐园，安徒生的眼睛是看着那个乐园里的孩子们。他是看着那处女地。他是不是在想，他写的那些美好、善良的诗和故事究竟能栽种出些什么呢？他好像能肯定，又不能完全确定。但是他对自己说，我还是要继续栽种，因为我是一个种处女地的人！

安徒生铜像软和、缥缈的目光也是哥本哈根大街上的一个童话。

我是一个种处女地的人。所有的为孩子们出版他们最应该阅读的书的人也都是种处女地的人。我们每个人都应当好好种，孩子们也应当好好读。真正的富豪，不是那些瞎编、瞎出下烂书籍的人，而应当是好孩子，是我们。只不过这里所说的富豪不是指拥有很多钱，而是指生命里的优良、体面、高贵的情怀，是指孩子们长大后，怎么看都是一个像样的人，从里到外充满经典气味！这不是很容易达到。但是，阅读经典长大的人会渴望自己达到。这种渴望，已经很经典了！

作者像

Heidi

目 录

第一章　来到爷爷身边

在瑞士有一个古老而又神秘的小镇，那就是迈恩费尔德。进入小镇就能看到一条蜿蜒悠长的小路，弯弯曲曲通向群山脚下，为群山开辟了一条道路。小路两旁是绿油油的野草，爬山的人走不了太远就能闻到阵阵花香。绵绵的山脉俯视着山谷，庄重挺拔；小路伴随着群山直上阿尔卑斯顶峰，越往上越窄，越往上越陡峭。

这是一个阳光灿烂的早晨。在这条乡间小路上走着两个姑娘，一个高大健壮，手里领着一个小女孩儿。小女孩的脸颊被烈日烤得红扑扑的，棕黑色的小脸油光发亮。不过这不能全怪太阳，这么热的天，这个小姑娘严严实实穿了一身，好像要过冬天似的。她顶多也就五岁，可能还不到五岁。一层一层的衣服使小女孩的身形圆滚滚的，脖子上还一圈圈地围着一条红色的大围巾。穿着这么多衣服，行走起来已经很不容易了，可是她的小脚还裹在了一双大头鞋中，这使她走起来更加吃力了。

这两个女孩大约走了一个小时，来到了半山腰上的阿尔姆小村。这里是大姑娘的家乡。村里的人从窗子里探出头来向她寒暄问好，有些熟悉她的人呼唤她的名字，还有些问候声来自路上的行人。虽然她们回应着大家问候，但脚下一刻都没有停歇。她们匆匆忙忙穿过村子，向村子的尽头走去。

就在这时，从一间小房子里传出了一阵呼喊：

“德尔塔，你要去哪里？是上山吗？我也要上山，咱们一起走吧！”

听到招呼声，年纪大一点的姑娘停了下来，她就是德尔塔。被她牵着的小女孩立刻松开她的手，一屁股坐到地上，好像没有了支撑力。

“是累了吗？海蒂。”德尔塔问小女孩。

“不是很累，太热了。”小女孩回答。

“路途不远了，我们快要到山上了。”德尔塔鼓励着小姑娘，希望她能坚持走完这一个小时的路程。“勇敢一点，坚持一下，步子迈大些。”

德尔塔抬起头，一个身体强壮长相漂亮的姑娘向她们走来。这个姑娘是德尔塔的好朋友，名叫巴贝尔。两人热情地聊了起来。

“这是你姐姐留下的那个孤儿吗？”巴贝尔问道。

“是的。”德尔塔回答。

“你打算把这孩子带到什么地方去呢？”

“我要把她带上山，送到阿尔姆大叔那里。”

“你糊涂了吗？那个老头子一定不会收下这孩子，你怎么给他他还会怎么还给你的，甚至还要把你们撵出来！”

“他是她的爷爷，他必须收下这孩子！我已经照看她好几年了。如今也该是他照顾孩子的时候了。我现在找到了一份很不错的工作，不能再照顾她了。”

“他和正常人不一样，”巴贝尔解释道，“没有人比你更了解他了，而且这孩子这么小，他怎么能照顾好她呢？我敢肯定这孩子一定受不了山上的生活。你要到哪儿工作呢？”

“我要去德国，”德尔塔回答说，“有一户法兰克福的好人家，我去帮他们打理生活。”

“这个孩子太不幸了！”巴贝尔担忧地嚷道，“那个老人自从上了高山牧场上就闭门不出，一年也不下山一次，眉毛又粗又密，胡子又浓又白，看上去非常可怕，就像个印第安人……不，不，应该说像个年长的异教徒！反正人见人怕。这孩子见到他，一定会被吓坏的。”

“我才不管这些，”德尔塔固执地说，“反正照顾这个孩子是他的责任，他也不能把她怎么样。”

巴贝尔挽住德尔塔的胳膊，问道：“阿尔姆大叔为什么看上去那么凶？为什么他总是一个人孤零零地住在山上？告诉我一点点关于大叔的事情吧！那个老头太奇怪了！”

“我倒是可以告诉你一些，但你一定不能告诉别人。”

“我是一个能守住秘密的人，你要相信我。”巴贝尔向德尔塔保证。

“好吧，看在你这样请求的分上。阿尔姆叔叔现在肯定有七十多岁了……”德尔塔边说边向四周张望，左顾右盼也没有看到那个孩子的身影。两个人刚才聊得太起劲儿，把身旁的孩子忘到了脑后，她们一眼望到了村头，可是弯弯曲曲的小路上什么也没有。

“她在那里，你看到了吗？”巴贝尔叫了起来，指向远处的女孩，“你看，她正跟着羊群和羊倌往山上爬呢。奇怪了，彼得今天怎么这么晚才来放羊呀！不过，他能帮我们照看那孩子，咱们就能安心地聊天了。”

德尔塔回应道：“那孩子可省心了，彼得用不着费心的。她虽然才五岁，可她有双捕捉周围事物的眼睛，聪明伶俐，非常懂事，将来一定能和她爷爷好好相处的。只是那老头儿，除了牧场上的小屋和几只山羊，什么都没有了。”

“他以前富有过吗？”巴贝尔问。

“他以前的生活还是很好的。多姆列希是他的家乡，那里最好的农场是归他所有的，他却什么都不干，家产都用来吃喝玩乐了。他的父母看到他这幅德行，十分伤心，后来相继去世了。此后，阿尔姆大叔的生活一落千丈，他离开家乡，有人猜测他去当兵了。过了十多年，有一天他突然领着一个小男孩回到家乡，想在亲戚家找个住处，可是谁都不愿意为他们开门。他心里很不是滋味，下定决心离开了多姆列希，带着孩子来到了德尔弗里。大叔那时还有点积蓄，就让他的儿子托比亚斯去学做木匠。他的儿子是一个做事稳重踏实的男孩，大家都很喜欢他。我一直就叫他大叔，因为我家和他家有一点点亲戚关系。直到他上了阿尔姆山上，人们就叫他阿尔姆大叔了。”

“他儿子呢？”巴贝尔追问道。

“托比亚斯回乡后，和我的姐姐阿德雷德结了婚。他们的感情很深，但是美好的时光总是短暂的。在一次盖房子的时候，一个木梁砸到了托比亚斯的头上，他当场就死了。阿德雷德因为丈夫的去世，非常难过，高烧不起，托比亚斯下葬两个月后她就也跟着丈夫一起去了。村里的人到处议论他们两个的悲惨遭遇，有人说这是上天在惩罚阿尔姆大叔。村里的牧师也曾经劝他，让他认罪悔改，可固执的他更加愤怒了，一气之下搬到了山上，对人类和上帝充满了痛恨。我姐姐那时有了这个小女孩，她死后就留给了我的母亲。去年，我的母亲也去世了，这孩子就由我来照看。可是我也得生活，也需要去工作。我决定后天就要出发去法兰克福了。对这孩子，我已经尽心尽力了，要是带着她去工作，会很不方便，她会耽误我的事的！”

“那我祝你好运，再见啦！”巴贝尔说着，就离开了。

德尔塔看着巴贝尔的身影走进了一个破烂不堪的小房子里。那个小房子在风中摇摇欲坠，似乎很难熬过下次大风的洗礼了。在这个屋子里，住着羊倌彼得和他的妈妈，还有彼得双目失明的奶奶。彼得的爸爸几年前在一场事故中去世了。彼得每天早晨都到德尔弗里村，把各家的羊召集起来赶上山，等羊们享受够了美味的牧草，也就快到了傍晚时分。彼得会把羊群赶下山，将羊送回各家。就这样，彼得每天早晨都是急急忙忙离开家，晚上到家也就该睡觉了。他的伙伴不是同龄人，而是他每天放的羊。他被村里的人称为“羊倌彼得”，他的妈妈被大家称为“羊倌彼得的妈妈”，他的奶奶被称为“婆婆”。

德尔塔四处寻找着海蒂和羊群，她什么也找不到。她站的高处，远处一个孩子的小小身影进入了她的眼帘。小女孩正在一点一点地往山上爬，脚步很艰难，因为她穿的衣服太多了，她热极了，用尽了全身的力量向山上爬去。海蒂环顾四周，羊儿们正快活地吃着草，羊倌彼得也在轻快地前进着。

于是，她停了下来，飞快地脱掉所有的衣服，扒掉了鞋袜。起初，她还背着那些脱掉的衣服，最后她干脆把衣服丢到了身后，长长地松了一口气，轻松快活地跑到了彼得的身边。彼得上下打量了她一通，当他看到远处的衣服堆时，哈哈笑了起来，但他什么也没说。

当他们走到姨妈德尔塔跟前时，德尔塔尖叫起来：“海蒂！你的衣服呢？我刚给你买的袜子、新鞋子，还有围巾都到哪儿去了？”

海蒂不慌不忙地指向山下，说：“在那里。”

姨妈向她手指的方向看去，果然那里有一堆衣服，而且认出了那个红围巾。

“你是怎么想的？你的新衣服不要了吗？你这个不听话的小姑娘！”姨妈气得上气不接下气。

“穿着它们太累了，这么热的天我用不着它们。”海蒂没觉得自己做错什么。

姨妈对海蒂骂个不停，把头转向了彼得，说道："你跑下去帮我把衣服拿上来。"

彼得说："我的时间也很晚了。"

姨妈更加生气了，走到彼得身边，给了他五芬尼。彼得拿到钱，眼睛亮了起来，像一只矫捷的山羊一样三步并作两步就将衣服拿了上来，然后，他小心地把钱藏到衣服的最里面，生怕被别人偷走。

大约又走了四十分钟，他们来到阿尔姆山上。在山顶上，他们看到了一个茅草房子，房前，一个老人正在坐在夕阳里抽着烟斗。海蒂第一个跑到老人面前，向他伸出手："晚上好，老爷爷！"

"你是谁？这是究竟怎么回事？"老人莫名奇妙地问。

海蒂和老人互相打量着对方。德尔塔和彼得也跟了上来。德尔塔向老人打招呼："阿尔姆叔叔，您好！这是你儿子的孩子，我给您送来了。她一岁的时候您见过她吧？您瞧，现在她已经这么大了。"

"你把她带来干什么？"大叔冷冷地对德尔塔说，又对着彼得嚷道："你快去放羊去，看看什么时候了，已经很晚了！"彼得很听话地带着羊离开了。

"这孩子以后就和您在一起了，"德尔塔说，"我已经养了她四年，现在轮到您了。”老人火冒三丈，冲她喊道：“给我滚！快滚，别再让我看到你！”

“海蒂，照顾好自己，我走了，再见！”德尔塔如释重负，飞快地向山下走去。村里的人很想和她打听些关于海蒂的事，可是德尔塔走得飞快，没有回答任何人。一路上，德尔塔听到的都是人们对她的责备声。她虽然很不耐烦，但一想到将要有一份好工作等着她时，她的烦恼随之消散了，越走越高兴起来。

第二章 阿尔姆山上的生活

德尔塔走后，爷爷回到了长椅上。他什么话也没说，眼睛无神地望着远方。海蒂可不管这些，刚来到这个陌生的地方，她对一切都充满了好奇。她跑到羊圈旁边，可是里面空空如也，这让海蒂有些失望。她继续探索。屋子的后面有几棵古老的杉树，那里大风呼啸，树梢发出沙沙的声响。海蒂仔细听着风吹过的声音，当声音渐渐变小，她从屋后绕回到老人身边。老人好像一动未动，还是刚才的模样。海蒂将两只小手背在身后，站在老人对面，目不转睛地看着爷爷。这时，老人看到一动不动的海蒂，从沉默中醒来，问海蒂："你要干什么？"海蒂没有对面前的老头儿感到陌生，相反，她感到他们彼此之间很熟悉，她说："我想进屋里看看。"

“当然可以，来吧。”老人站起身来，带着海蒂走向小屋。

“把你东西带上。”爷爷说。

“我再也不需要那些东西了，不用拿。”海蒂立刻回答。

老人转过头来，仔细打量着面前这个孩子，她乌黑的眼睛里透露出一种渴望，对小屋子的一种好奇。老人觉得这个孩子很聪明，但还是问她：“你为什么不想要它们？”

“我想像羊儿们一样轻轻松松地走来走去。”

“你可以那样，但是衣服还是得抱起来，放到屋子里。总有一天你会需要它们的。”孩子听话地照办了，抱起衣服快步跟上爷爷走进小屋。

这是一间宽敞的屋子，和外面看上去的并不一样。屋子的一角是爷爷睡觉的床，旁边放着一张桌子和一把椅子。屋子的另一个角放着灶台，灶台上似乎正在烧着水，因为上面放着一只大水壶。屋子里还有一堵特别的墙，那堵墙上有一扇大木门，海蒂看了那扇门好久，她很想知道门后面是些什么东西。爷爷好像看出她在想什么，他打开木门，原来这是一个柜子，里面有好几层，一层放着爷爷的衣服，一层放着生活用具，一层放着食物。海蒂赶紧把自己的衣服塞进了柜子里，她尽力把衣服放到最里面，以便再也不容易看到它们。放好后，她转向爷爷："我睡在什么地方？"

"哪儿都可以，你喜欢睡在哪儿就睡哪儿。"他回答道。

这回答十分符合海蒂的心意。她仔仔细细查看屋子的每个角落，争取找到一个舒适满意的最好的地方。又有一样东西映入她的眼帘：在爷爷睡床旁边有一把梯子。她顺着梯子爬上去，那是一间阁楼，里面堆放满干草，新鲜、清新的干草味道扑鼻而来。墙上有一闪小圆窗，从圆窗能看到山谷的全貌。"我就睡在阁楼上，"海蒂欢呼道，"这里实在是太美了！爷爷，您快上来瞧瞧！"

"我早就知道这一切了。"从下面传来回答声。

"我要铺一张床，您要给我一张床单，我才好睡在上面。"蒂很满足这个睡觉的地方，快速地投入到了铺床的工作中。

"好的！"听到海蒂的求助，爷爷便打开柜子，在里面翻找着。最后，爷爷在衬衫下面找到一条长长的粗布。他爬上阁楼，发现以前作为干草棚的阁楼已经被打扫得干干净净了，非常温暖，惬意。在墙边，他看到了一张铺好的床，干草作为床垫，一边高一边低，高的一边可以作为枕头，躺在小床上正好能看到小窗外的风景，真是一个不错的卧室。

“弄得不错，”爷爷说，“干草可以再多点。”说着，爷爷又抱来一大捆干草铺了上去，小床比原来厚了一倍，看着很舒服。海蒂赶快去拿床单，可是她怎么也拿不起来，粗布太沉，而且还特别的厚。这样也不错，干草就不容易刺进衣服里了。爷爷上前去帮她拿起床单，两人展开，铺到了床上。经过海蒂的一番忙活，一个干净整齐的床就收拾好了。

“爷爷，我们还少一样东西。”海蒂突然想到了。

“什么？”爷爷问。

“睡觉还得有被子呀！”海蒂说。

“那我要是没有呢？”老头说。

“我就再抱一些干草盖在身上，这样我也能暖和。”海蒂天真地回答爷爷。

爷爷下了阁楼，找来一个粗布袋子，他抖了抖袋子上的土，把粗布袋子拿到海蒂面前。

“试试这个。”爷爷说。海蒂很想把这个袋子展开铺到床上，但她力气太小，根本就铺不动，爷爷只好再次过来帮她。海蒂费了好大的力气终于铺好了自己心爱的床。她高兴地说：“我真希望晚上快点来，这样我就可以睡在上面啦！这样的床单，这样的被子，都是我见过的最棒的。”

爷爷露出了微微的笑容，说："睡觉还没到时候，现在重要的是吃点东西。难道你还不饿吗？"海蒂一大早起来只吃了一片面包和一杯咖啡，之后就和姨妈走了这么久的路，翻山越岭，还穿着那么重的衣服，来到这里就开始为了自己睡觉的小床忙碌，现在爷爷这么一说，她的小肚子立刻叫了起来。"嗯，我又饿又累，我们先吃点东西吧，吃完了我再睡觉。"

爷爷和小海蒂一前一后地走下了梯子。爷爷走到了灶台的前面，把灶台上的一把大锅放在下面，从墙上摘下一只小锅放到灶台上，然后在灶台前的一把小椅子上坐下来。

没过太久，小锅里发出了"咕嘟咕嘟"的响声。爷爷拿一个铁叉子将一块奶酪放进火里，来回翻转，直到奶酪被烤得焦黄才把它拿出来。小海蒂在旁边看着爷爷忙活，忽然她跑到柜子旁边，东找西找，好像她对这里一点都不陌生似的，只是她想找的东西太多了。

爷爷烤好了奶酪，拿着罐子来到了桌子旁边，看到桌上已经摆好了面包、盘子和餐刀，一切都准备就位。

"这样做很好，自己找点事情做。"爷爷说着，把奶酪放到了面包上，把小锅摆在桌子中间。

"是不是还缺点什么？"爷爷问海蒂。

海蒂看到罐子里有东西，马上又跑到柜子前，她想找两只碗，但是柜子里只有一只。海蒂不知道怎么办，她灵机一动，从柜子里拿了一个小杯子充当碗用。拿到想要的东西后，她立刻跑回去，一样一样地放到了桌子上。

“你还挺聪明的，你想坐在哪儿？”爷爷只有一把吃饭用的椅子。小海蒂便从炉子旁把刚才爷爷坐的那个小椅子搬了过来。“这是个办法，但是太低了，你会不舒服的。”爷爷说，“而且你坐这个椅子也够不到桌子。我得给你找一个更合适的地方，你过来点。”爷爷把奶倒进刚才海蒂拿的杯子里，然后把杯子放在了自己坐的凳子上，这便成了海蒂的小桌子。海蒂坐在小凳子上，高度刚刚好。爷爷则坐在桌子的一角，他们就这样开始吃午餐。

爷爷递给海蒂一片面包和一块烧焦的奶酪。海蒂可能太渴了，端起杯子把奶一气儿喝了下去。喝完奶后，小海蒂又大口大口地吃着面包。

爷爷说：“慢点吃，你喝过羊奶吗？”

海蒂回答：“这羊奶是我喝过的最好喝的奶。”

爷爷听了很高兴，又给海蒂倒了一杯。海蒂只顾着吃，不时还露出开心的笑容。

吃过饭后，爷爷先去羊圈看了看，海蒂一直跟着爷爷，学习怎么给羊收拾房间。她一声不吭，只是默默记下爷爷如何清扫羊圈，如何铺上干草，几分钟的工夫，羊儿睡觉的地方就整理干净了。干完这些后，海蒂又和爷爷走进了旁边的栅栏，爷爷砍下几根木头，娴熟地做出了一把椅子。海蒂惊讶极了，爷爷问她："你看这是什么？"海蒂钦佩地说："是椅子，爷爷您简直太伟大了。"

爷爷绕着小屋走来走去，该修理的地方就修理一下，该钉的地方就敲几下，小海蒂则跟在爷爷身后，专心致志地看着爷爷的每一个动作。在她眼里，爷爷的手就像会魔法一样。

夜色慢慢暗下来，大风突然变得猛烈起来。可在海蒂的心里，这风声像是陪伴她入睡的催眠曲。海蒂在栅栏里看到远处有一群羊向小屋走来，她连忙跑出去迎接。有两只一白一褐的山羊从羊群里走出来，去舔爷爷手中的盐粒。羊儿们舔完盐粒后，海蒂和爷爷把它们赶进了羊圈。爷爷还告诉海蒂，那只白色的羊叫"天鹅"，那只褐色的叫"小熊"。

小羊们睡觉了，海蒂吃完晚饭后，也躺在了她自己铺好的小床上，不知不觉就进入了梦乡。

第三章　在草原上自由奔跑

一大早，一声哨响把海蒂从睡梦中惊醒。她睁开双眼看着周围的一切，一时想不起昨天发生了什么。当她站起身来，沐浴在阳光里，眺望着山谷的美景时，她才想起了昨天的事情。昨天，姨妈把她送上了阿尔姆山，在上山的途中，她还结识了羊倌彼得。今天，是她第一次感受阿尔姆山的清晨，这也意味着她告别了乌泽尔婆婆。海蒂在乌泽尔婆婆家就像一只笼中的小鸟，每天被关在家里，憋得透不过气来。乌泽尔婆婆有一种怪病，她经常怕冷，从早到晚都要坐在炉子旁边。而且她还是个聋子，所以她要海蒂每天都在家里陪她，只有海蒂在她眼前，她才不会担心害怕。

如今小海蒂再也不用被关着了。于是，她迅速穿好衣服向楼下冲去，下楼以后，她看到爷爷正把“天鹅”和“小熊”交给彼得，海蒂有些不舍，连忙上前摸了摸它们。

“你想到牧场上去吗？”爷爷问道，海蒂听了兴奋地连连点头。

“那你要赶紧把脸洗干净。不然太阳公公是不会喜欢你的。洗脸的东西我都给你放在那里了。”爷爷指了指门口的一个台子。海蒂立刻跑过去，认真地洗起来。爷爷把彼得叫进屋里，给彼得的口袋里装了一大块面包和一块烤焦的奶酪，然后对彼得说：

“这是你们俩今天的干粮，这个孩子要跟着你一整天，你要照顾好她。”爷爷说着把一只小碗放到彼得的口袋里，“你把羊奶挤到这小碗里，给海蒂喝，她还小不会自己挤羊奶，你让她喝两小碗，一定要挤满了。”爷爷想了想，好像没什么要叮嘱的了，突然又说：“你要看着她，别让她掉到山下去了！”这时，海蒂向他们跑了过来，“爷爷怎么样，我是不是很干净，太阳公公喜欢我吗？”

因为海蒂用毛巾洗得太用力，脖子和小脸被她搓得红通通的，爷爷和彼得看后都笑了，“太阳公公会很喜欢你的。但是等你晚上回来还是要洗洗澡，和小羊们在一起，会变得很脏，从头脏到脚的。”海蒂点点头，爷爷像发令似的说：“好了，你们可以出发了！”

海蒂和彼得赶着羊群向山顶走去。天气很好，万里晴

空，天上的云彩早已被昨晚的夜风吹散，阳光普照，好像一切都在吸收着太阳的光芒，各种花万紫千红，争先恐后地竞相开放。海蒂从来没有见过这么多的花，她觉得这朵好看，那朵也喜欢，不停地从这里跑到那里，彼得和羊群她都顾不上了。她到处采花，把采到的花都放在围裙里。她打算把这些花带到她的阁楼上，把她的阁楼布置成一个花园，那样她就可以睡在花丛中了。

今天可把彼得累得够呛，羊群在海蒂的带动下也是一会儿跑到这边一会儿跑去那边。彼得又是喊，又是吹口哨，甚至还用上了羊鞭，但是山羊们却像失控了一样，根本不照彼得的指挥走。彼得不仅要看着羊，还得看着海蒂，他的眼神一刻也没有离开海蒂。

“海蒂，你去哪儿了？海蒂……”彼得突然看不到她了，焦急地呼喊。

“我在这儿！你瞧，这里有好多漂亮的花呀！”海蒂开心地采着她喜欢的花，才不管彼得此时的心情。

“快到我身边来，你小心别掉到山下去，前面有悬崖峭壁的。”彼得对海蒂大喊。

海蒂不情愿地从小山丘里爬出来，她的围裙已经很满了，可她还是不满足，采多少花她都觉得不够。

看到海蒂不高兴了，彼得说：“山顶上有老鹰，要是我们早点上去，就能听到鹰的叫声。”

海蒂对老鹰不感兴趣，彼得又说：“以后你住在这里，每天都可以上山，每天都能见到这些花。但是如果你今天把所有的花都采没了，你就再也看不到它们了。”海蒂想想有道理，再看看围裙，已经没办法再放花朵了。于是她就乖乖跟在彼得的身边，羊们也跟着海蒂花的香味一直向前。

彼得每天放羊的地方是在悬崖的低矮处，因为那里有一片灌木和杉树丛。彼得和海蒂要顺着悬崖往下走，山路十分陡峭，这也是爷爷叮嘱彼得看紧海蒂的原因。

到了羊儿吃草的地方，彼得把他和海蒂的食物放在一个安全的地方，那里风吹不到，太阳晒不着。海蒂则把自己采的花放到干粮旁边。之后，彼得舒展地躺到草地上，他今天累坏了。海蒂整理好衣服，坐到了草地上，开始新奇地观察周围的一切。她看到了远处直上云霄的雪山，看到了直立陡峭的悬崖，这里的一切都在阳光中生机盎然。周围无比寂静，只有微风从树林中穿过。在海蒂身边，蓝铃草、半日花，还有许多叫不上名字的花尽收眼底。这时，彼得已经香香地睡去了，山羊们则在树丛中享受着新鲜的青草。

海蒂沉醉在这美景之中，就在这时，海蒂听到一声尖厉的叫声。她顺着方向看去，原来是一只巨大无比的鸟。它展开双翼，在空中盘旋着。

“彼得，你快看，那是不是老鹰啊！”海蒂大叫一声。

彼得听到有老鹰，立刻坐起来，他们的眼睛追随着老鹰移动，没过多久，老鹰越飞越高，最后飞过山崖不见了。

“它飞到哪儿去了？”海蒂问。

“回它的巢穴了。”彼得回答。

“那里好高啊！我们上去看看好不好？”海蒂天真地说。

“什么？”彼得惊叫道，“那里羊都上不去。我们要是爬上去就会掉下悬崖的，大叔说了掉下去就会粉身碎骨！”

彼得吹起了口哨，这哨声海蒂是不懂的，但她知道这是彼得与山羊们的沟通方式。很快，海蒂看到山羊们，不论是在远处的还是近处的，都聚到了一起。小羊们你追我赶，有的还在打闹。小海蒂按捺不住内心的喜悦，跑到了羊群中，跟它们亲热地玩了起来。

到了中午，彼得把爷爷给的干粮拿了出来，还从爷爷家的一只羊身上挤了一小碗羊奶。他喊海蒂吃饭，可是，正玩在兴头上的海蒂根本听不到，最后彼得的喊声在山谷中产生了回音才传到海蒂的耳朵里。

海蒂跑回来看到彼得已经摆好了午餐，高兴地说：

“这是给我喝的奶吗？”

“是的。”彼得回答，“那块大面包和奶酪也是你的，喝完了这碗你还可以再喝一碗。”

海蒂“咕咚咕咚”喝完了第一碗羊奶，彼得又给她挤了一碗，海蒂问：“你喝哪只羊的奶呢？”

彼得回答：“我家羊的奶，我家的羊叫‘小蜗牛’。”

海蒂赶紧说：“我家的羊白的叫‘天鹅’，黑的叫‘小熊’，怎么样？”

“嗯，不错，好名字。快点吃饭吧！”彼得催促海蒂。

海蒂只撕了一小块面包，剩下的部分比彼得的那块还大。“我吃饱了。”她把面包递给彼得，“你吃了吧！”彼得很吃惊，因为他从来没有收到过别人的东西，也没把东西给过别人。看到海蒂给他面包，他就说：“你快吃吧！我有！”

可是海蒂执意把面包塞进了彼得的怀里，然后她又跑向羊群，找她的伙伴玩去了。彼得拿起面包，享受了一顿“丰盛”的午餐。

“它们都有名字吧？”海蒂从远处问道。

“有，等我吃完了饭告诉你。”彼得回应。

“这只羊怎么了？它一直在叫。”海蒂指着一只羊问。

彼得看了一眼向她解释说：“它的名字叫‘雪跳

跳’，它昨天被卖了，离开了它的妈妈。”小海蒂听完后，心里酸酸的，觉得“雪跳跳”的命运和自己相似，便轻轻地抚摸着它，那只羊好像感受到了小海蒂的抚慰，渐渐不再叫唤了。

彼得这时已经吃完了午餐，他来到海蒂身边，看着他们周围的几十只山羊。

“我觉得这些羊里，属‘天鹅’和‘小熊’最漂亮。你觉得是不是？”海蒂骄傲地对彼得说。

“那当然，爷爷每天都给它们洗澡，还给它们吃盐粒，它们睡觉的地方也是最好的。”彼得对海蒂解释道。这些山羊，没有完全相同的，它们各有各的特点，每只羊都有自己的风格。“大土墩”的脾气有点怪，它总爱用角顶别的羊。个子小的羊看到它都害怕地绕开，只有一只叫“黄雀”的羊敢跟它作对。“天鹅”和“小熊”从来不跟“大土墩”争斗，它们喜欢独自散步玩耍。在寻找食物时，它们行动利落，总能吃到山顶上最新鲜的草，这也是它们比其他山羊更为突出的地方。

突然，彼得向一只羊跑了过去。海蒂立刻跟了过去，她知道一定发生了什么事情。果然，海蒂看到悬崖边正站着一只羊，那是“黄雀”，它并不知道前面就是悬崖，掉下去就会粉身碎骨的，可它还在悠闲地散着步。彼得一个箭步追上，拽住“黄雀”的一条腿往回拉，“黄雀”转身看着彼得，气愤地叫起来。彼得急忙叫海蒂帮忙，海蒂拿了一把鲜嫩的青草喂到了“黄雀”嘴里，“黄雀”这才跟着他们回到了羊群里。

彼得决定惩罚“黄雀”一下，他扬起鞭子就要打它。

“不要打它，它不是故意的。”海蒂在一旁劝阻道。

彼得生气地说：“是它活该。”

海蒂心疼地说：“就放过它这一次吧。”

看到海蒂那么可怜这只山羊，彼得想了想说：“你明天要是再分我点奶酪和面包我就放过它。”

“没问题！”海蒂高兴起来，“我肯定给你，整块都给你。你要保证以后也不打它，它们都不能打。”

“好吧，反正和我也没什么关系。”彼得饶恕了那只羊，“黄雀”快活地回到了羊群里。

时间到了黄昏，夕阳把草原上的一切都染成了火红色，彼得开始准备下山了。小海蒂看到夕阳下的美景，高兴地欢呼起来：“彼得快看，着火了！山着起来了，天也着了，雪山也着了，花草树木都着火了……”彼得见怪不怪地说：“这里每天都是这样的。”

不一会儿，夕阳消失了。彼得催促海蒂：“走吧！咱们该回家了。”海蒂跟着彼得，蹦蹦跳跳地向家走去。爷

爷已经在门口等了很久，看到爷爷后，海蒂欢快地跑上前去，她的“天鹅”和“小熊”紧跟着她。

“看来你今天过得不错。”爷爷说。彼得向海蒂和爷爷告别后正要走，海蒂又跑到了“雪跳跳”旁边，亲了它一下说：“回去睡个好觉，明天我们再见。”

送走羊群，海蒂和爷爷进了屋。“山上的景色太美了，各种各样的花。我还看见了老鹰，它的叫声真的好大啊……”海蒂不停地跟爷爷诉说着今天的见闻。

“现在去洗澡吧，洗干净了咱们就吃晚饭。”爷爷打断了海蒂。

“好吧！”海蒂答应着，而爷爷去羊圈里挤奶，开始准备晚餐。

晚餐时，海蒂坐在爷爷的身旁，问：“为什么老鹰的叫声那么大？”

“它是在嘲笑人类，因为人们生活在一起却总是互相找麻烦。”爷爷这么给海蒂解答。

海蒂给爷爷讲述着山上发生的一切，最后她又问爷爷：“那火是从哪里来的？”

爷爷问清楚海蒂指的是夕阳后，说道：“那是太阳留给山谷的礼物，它在和大地道别，而它明天会再次出现。”

第四章 第一次去彼得家

太阳再次照耀在整个山谷上。

自从海蒂和彼得开始放羊那天起，海蒂从来不曾间断过，她日复一日去山上听老鹰的叫声，看太阳“着火”，和彼得一起给羊群寻找新鲜的草地。现在，秋天到了，天气一天天变冷，风也刮得越来越大了。爷爷担心海蒂的小身体受不了这样的寒冷。有一天，爷爷对海蒂说：“你以后就在家里休息吧，等天气暖和后你再和彼得一起上山。”

听到这句话最不高兴的人就是彼得。因为这样一来，就再也没人陪他打发在山上的时间，也没人分给他美味的午餐，也没有人帮他管理这些不听话的羊了。现在的羊群已经习惯了有海蒂的生活，所以彼得觉得海蒂如果不去，他自己肯定会管不住羊群的。

海蒂倒没有什么不开心的，因为不论在什么地方她都能找到自己干的事，她都会去做她能做的事。虽然她看不到五颜六色的花朵，听不到山谷里大自然的声音，但她可以在工作间里看爷爷工作。她很喜欢看爷爷专心致志地磨磨打打，也很佩服爷爷精湛的木匠技艺。爷爷在做奶酪时是海蒂最喜欢看的。爷爷先在深桶中搅拌，然后按照步骤一项项地做，最后海蒂就能吃到她期待的美味奶酪了，海蒂觉得这些都是有意思的事情。

天气越来越冷。有一天早晨，海蒂从梦中醒来，发现窗外白茫茫的一片，下雪了。雪越下越大，地上的积雪越来越厚，一直没过了窗户雪还是不停。爷爷和海蒂被大雪困住了，海蒂趴在窗前，想看看大雪是不是把窗户堵上了，如果堵上了，屋里里白天也要点蜡烛了。情况没有他们想的那么糟糕。雪下了一天一夜，第二天早上，雪停了。爷爷用铁锹将门和窗子边的雪铲开，铲出了一条通往外界的道路。

下午时，爷爷和海蒂坐在炉边烤火，从外面传来了响亮的敲门声。开门后，一个带着大帽子的男士走了进来，等他摘下帽子后，海蒂才发现这人就是彼得。彼得身上积了厚厚的一层雪，显然，他来海蒂家这一路上可不容易，但他还是来了。他已经八天没有上山放羊，也没见到海蒂了。

“你们好。”说着，彼得把衣服脱下来，放在火炉边，好让冻在衣服上的雪快点融化。

“你没放羊，得去“咬石笔”吧？”爷爷问彼得。

“什么是‘咬石笔’呀，爷爷？”还没等彼得回答，海蒂就先抢着问道。

“冬天的时候没有羊放，他就得去上学读书。但是上学读书可不容易，所以他就要‘咬石笔’。”爷爷先解答了海蒂的疑问，之后又对彼得说：“不过‘咬石笔’也没什么用，是不是？”

“是的。”彼得老实承认。

海蒂现在已经顾不上爷爷和彼得的谈话了，她对这个新名词——学校——产生了极大的兴趣。从前她对彼得放羊问这问那，现在她对彼得的学校又问了许多问题。比如，他在那里干什么，能看到什么，能听到什么，这些都是海蒂所关心的。把这些问题都回答出来，可不是件容易的事。海蒂才不管彼得为难，一个接一个问问题，而且每个问题都是稀奇古怪的。

爷爷静静地坐在一旁听着他们的对话，他的嘴角略略上扬，看到海蒂能对学校感兴趣，他很开心。

“‘羊将军’，火烤得差不多了，咱们去吃饭吧！”

还没得彼得回答，爷爷已经到厨房准备好了晚餐，海蒂搬着凳子来到桌旁。自从海蒂来了，爷爷家每个地方都有了两把凳子，因为这里再也不是他老人家孤身一人了，爷爷的生活中多了不少欢声笑语。他们三人都坐在桌旁，彼得又看到了很久没吃到的面包和奶酪，他眼前放着一块很大的面包，而且上面还放着好几片熏肉，他开心极了。

吃过晚餐，外面的天色慢慢变暗，彼得该回家了。他迈出门的一瞬间，又转过头来，对海蒂说："一个星期后我会再来的，你找个时间去看看我外婆吧，她让你一定要去。"

从听到彼得说要让她去看他外婆，这件事就成了海蒂每时每刻都在挂念的事了。第二天她就问爷爷："明天我们下山好不好？"

因为雪还是很厚，爷爷拒绝了她。

到了第四天，海蒂又一次哀求爷爷："婆婆想见我，她会等不及的。爷爷你带我下山好不好？"

爷爷从阁楼上取下给海蒂做被子的大袋子，又从工作间里拿出雪橇，爷爷坐在雪橇上，海蒂坐到爷爷腿上，爷爷给海蒂盖上大袋子，做好了出发的准备。海蒂觉得外面的一切美极了，她现在心里想立刻体验一下爷爷的雪橇，那一定很刺激。爷爷左手搂住海蒂，右手抓紧扶手，两脚用力一蹬，雪橇开始滑动了。雪橇在雪地上飞驰着，越来越快，越来越流畅。在下坡的时候，海蒂觉得自己就像一只小鸟，就要飞起来了。

到了彼得家的门口，爷爷把雪橇停下，对海蒂说："天黑之前一定要回来，进去吧！"爷爷说完，拖着雪橇就向山上走去。

海蒂走进彼得家，这是一间黑暗的房子，模糊中她甚至都无法看清房子的大小。等她的眼睛慢慢习惯了黑暗，发现原来这只是厨房，她又推开了第二个门，那是一间又窄又旧的起居室。房子里有一个女人在桌子旁坐着缝衣服，还有一个驼着背的老妇女坐在角落里纺线。海蒂立刻走向纺纱车，说道："婆婆，我来了，你还好吗？"

婆婆伸出手，摸在海蒂脸上，停顿片刻，问她："你是海蒂吗？你在和阿尔姆大叔一起住吗？"

"是的，是爷爷把我送到这里的。"海蒂回答道。

"这么冷的天，你的小手怎么这么热乎？布里吉达，大叔刚才送的这个孩子吗？"

那个缝补衣服的女人上下打量了海蒂一番，说："我不太清楚，但我觉得大叔不可能下山，这孩子说错了。"

"就是爷爷送我来的，我没有说错。他给我盖被子，用雪橇带我下来的。"海蒂急忙解释说。

“早听彼得说起她和大叔的一些事了，我本以为这小女孩在山上住不到三个星期的，真是没想到。”婆婆很吃惊地说，“快告诉我这孩子长什么样？”

“她和阿德雷德很像，和托比亚斯很像，和……山上的那个老头也挺像。她的眼睛黑黑的，一头卷发。”

那个女人说话的时候，海蒂眨着眼睛观察着屋子里的一切。她突然说：“婆婆，那个窗帘没有挂好，你看啊！”

“孩子，婆婆看不到。”婆婆告诉海蒂，“我看不到，但我能听到。我经常能听到风声，我觉得这房子快要塌了，家里也没人会修理。”

“婆婆，为什么看不见，你看，就是那边。”海蒂还以为是自己没有指清楚，尽量指得更明确些，她想让婆婆看到。她又像想到了什么，说：“婆婆，屋子里太黑了，我们去外面，去外面你就能看到了。”

“谁也没有办法能让我的眼睛再看到东西了。让我静静坐着吧。”婆婆放开了海蒂的小手。

海蒂很希望婆婆能看到这些美好的一切，最后海蒂着急地哭了起来。婆婆听到她的哭声，就又拉起了海蒂的小手，说：“我虽然看不到，但我还能听到啊，如果有人肯给我讲讲他做过的事，我也会很高兴的。”海蒂一听，立即抹去了脸上的泪水，坐在奶奶旁边，讲起了她和爷爷在山上的一件又一件事情。

“布里吉达，这孩子真的和大叔在一起生活，你听到了吗？”婆婆怀疑中带着喜悦，好像想得到彼得妈妈的证明与肯定。

这时，彼得从外面进来了，“下午好，彼得。”海蒂先和彼得打了招呼。彼得看到她吃了一惊，但很快就露出了笑容。

“你回来了吗？今天怎么这么早啊？”婆婆问道，“课上得怎么样？”

“还是那样。”彼得回答了婆婆的话。

“我多希望你的课程能有点变化，我很想听听祈祷书中的诗歌，你要是学会了读书就可以给我读上几首。可你都上了好几年学了，却什么都没学到，更不用说读诗歌了。”婆婆失望地说着。

“天色不早了，我们该把灯点上了。”彼得的妈妈边缝补着衣服边说。

海蒂看了看窗外，想起爷爷对她说，天黑之前就要回家的。她连忙跳下床，说：“我得回家了，爷爷还在家里等我呢！”

“你要把围巾围好，别冻着了。”婆婆叮嘱海蒂。

“我没有围巾，我不冷。”海蒂握着婆婆的手，传递着她的温暖。

“不能让她自己走，彼得你要把她送到家里。”婆婆对彼得嘱咐道。

海蒂这时已经走出了门，彼得马上跟了出去。婆婆又说：“快，把我的围巾给她带上，布里吉达。快点！”彼得的妈妈也去追上了海蒂。

当他们刚准备上山时，爷爷已经在山脚下等着海蒂了。“你很听话，还没有忘记回家。咱们走吧。”他们又像来时那样，爷爷用袋子裹好海蒂，坐着雪橇回家了。彼得妈妈看到阿尔姆大叔有些吃惊，回去后她告诉了婆婆。

海蒂坐在雪橇上，有好多好多话想对爷爷讲，可是她被裹得太紧了，只好把话憋在心里，等回家后再讲给爷爷听。

一回到家，海蒂一刻也没停，就迫不及待地对爷爷说：“婆婆家的屋子坏得厉害，刮风的时候感觉要塌似的。明天你和我一起下山去吧，带上你的锤子和钉子，咱们去给他们修修家吧。”

爷爷很不理解地问：“为什么要去？为什么要给他们修房子？”

“我就是不想让婆婆害怕，我知道只有爷爷能让婆婆安心。婆婆什么都看不到，又没有人能帮忙，我们帮帮他们吧！”海蒂一再哀求着爷爷，眼里充满了对爷爷的信任。老头看了小海蒂一会儿，回答说：“好吧，我们明天就去给婆婆修房子。”海蒂听了爷爷的话之后高兴地跳起来了。

第二天，海蒂又到了彼得家，婆婆听到脚步就马上问道：“是不是那孩子又来了？”“婆婆，是我。”海蒂快步跑到婆婆身边。突然房子剧烈地震动起来，随后又是一阵重重的敲打声，婆婆颤抖着说：“这房子终于还是要塌了。”海蒂忙说：“婆婆，你不要害怕，这是爷爷在给咱们修房子呢。”

婆婆听了又惊又喜。她真没想到那个与世隔绝的大叔能下山来，还会给她来修房子。婆婆让彼得的妈妈出去看看，是不是真的。很快布里吉达证实了海蒂说的话。爷爷在外面敲敲打打一直干到了晚上，海蒂就在屋里一直陪着婆婆聊天、讲故事。

这个冬天，海蒂和爷爷每天都会去彼得家，爷爷在外面给房子加固，海蒂就在屋里陪婆婆解闷。虽然婆婆什么都看不到，但她每天能听到海蒂和她聊天，就已经感到非常欣慰了。她开始觉得生活不再像以前那么漫长，海蒂为她的生活注入了希望和光亮。

第五章　海蒂要去哪里

冬去春来，转眼海蒂在山上已经三年了，现在她八岁了。在爷爷这里，海蒂学会了很多生活的方法，她自由自在地在爷爷的保护下一天天长大，就像一只幸福的小鸟。

在一个与平时一样的早晨，海蒂和往常一样，穿梭在羊圈和门栏之间，她在和两只山羊玩耍。这时一个陌生人出现在她面前，海蒂吓了一跳。那陌生人马上和蔼地对海蒂说："我不会伤害你的，我只想知道你的爷爷在哪里，你告诉我好不好？"

"他在工作间呢，正在做圆木勺。"海蒂边向屋里跑，边和那个陌生人说道。

原来这个陌生人是这里的老牧师，也是爷爷的老邻居。爷爷见到老牧师愣了一下，但很快就明白了他来的目的。

冬天的时候，彼得给大叔带过两次话，都是牧师希望海蒂能到学校去读书。其实海蒂去年就应该去上学了，可是爷爷不让她去。爷爷也让彼得告诉牧师，他是不会让海蒂去上学的，如果学校的老师们想找他做什么事情可以来家里找他。就这样，今天这位老牧师来到了这里。

阿尔姆大叔递给牧师一个圆凳，牧师坐下后和大叔打招呼道："好久不见。"

大叔简单地回应牧师："嗯，是的。"

"我想你应该知道我为什么来这里吧？"牧师看了看门边的海蒂说。

"去跟'天鹅'和'小熊'玩一会儿，等会儿我去找你。"爷爷对海蒂说，海蒂乖乖地离开了房间。

"我很希望这个孩子能到学校里读书，去年她就可以去了，你没让去，你打算一直让她待在家里吗？"牧师开门见山地说。

"我就是不想让她去学校。"大叔回答。

牧师非常不解，有些生气地说："她不应该总在家里，这样对她的成长不好。"

"我要让她快快乐乐地和羊、鸟儿在一起，这样她就不会被教坏了。"大叔坚定地说道。

牧师实在按捺不住自己的情绪了："和羊群、小鸟在一起是学不到坏东西，但也学不到好东西！去学校里读书才能让她以后过上更好的生活。她在这里什么都学不到，以后她什么也不会，怎么生存！？总之，这是她玩耍的最后一个冬天，下个冬天你必须把她送到学校来！”

“不管你怎么说，我都不会让她去上学的。”老人依然固执己见。

“你跟以前一样，还是那么倔强。”牧师有点生气了，“你也去过外面，孩子也需要去闯荡，需要走出去看看外面的世界。你不也学到很多东西吗？老邻居，你好好想一想，理智点。”

阿尔姆大叔再也无法平静了：“你说得对，但我还是不能把孩子送进学校，她每天到学校需要走两个小时，冬天里寒风刺骨，大雪纷飞，这么弱不禁风的孩子哪能受得了？不管你怎么说我都不会同意送她进学校的，谁强迫我我就和谁去法庭！”

“让孩子从这里去学校是有点远，”牧师口气温和了些，他还在试图说服大叔，“有一个办法可以解决这个问题，看你们在这里生活得孤孤单单，不如搬到山下去住，这样孩子就可以离学校近一点。”牧师边说边在屋子里走来走去，看着屋里的每个角落，“我真不知道这个孩子是怎么在这儿住这么久的，她一定受冻了！”

“我才不会听你的，我知道山下的人都不喜欢我，我也看不惯山下的那些人。这个孩子在这里生活得很好，我的羊圈里有那么多树枝，更不用说这孩子了，她有厚厚的被子，而且她年纪还小，身体也好得很。我们不会和人类住在一起的。”

牧师见自己的话没有起到任何作用，便起身伸手与大叔道别：“不管怎么说，我还是希望明年能在学校见到孩子，我也希望你们能下山和我们一同生活。”

大叔也友好地伸出手，态度却还是那么坚定：“谢谢你，但我不会那样做的。”

牧师不知道再说什么，只好带着一丝无奈离开了阿尔姆大叔家。

在海蒂眼中，这一天的爷爷和往常不太一样。爷爷一天也没说几句话，海蒂也不敢去打扰他。海蒂不知道发生了什么，更不明白爷爷是怎么了。

就在第二天，海蒂家中又来了一位客人。这位客人对于海蒂来说并不陌生，她就是把海蒂送到大叔这里来的德尔塔姨妈。她的衣着和过去有了很大的不同，最显眼的要属她那顶精致的帽子，帽子上面还插着一根羽毛。大叔从门口看到是她，就什么都没说，转身回了屋里。

德尔塔姨妈不等邀请，就也跟着爷爷进了屋。她看到面色红润的海蒂后，先是吃了一惊，然后便开始奉承阿尔姆大叔："爷爷把你照顾得这么好，你一定和爷爷生活得很幸福吧！"爷爷坐在小椅子上抽着烟，海蒂依偎在爷爷身旁。德尔塔姨妈一直在找机会带海蒂离开阿尔姆大叔，因为她觉得海蒂会给大叔带来不便，大叔也照顾不好海蒂。今天她终于找到了机会：

"我的女主人的亲戚，家里非常有钱，住的是法兰克福最好的房子。不幸的是，她的独生女在一次事故中腿受了伤，后来怎么也治不好，成了瘸子。"德尔塔姨妈面露悲伤，然后继续说，"她每天学习都是一个人，很希望能有一个陪她的伙伴，这样她就不会孤单了。"德尔塔姨妈停了停，又说："这个人家非常重视这件事，想找一个天真可爱，聪明懂事的小姑娘，海蒂正合适！"德尔塔姨妈已经把海蒂的情况和管家夫人大致描述过了，管家夫人想很快见到海蒂。

"海蒂的运气太好了，这样的机会上哪儿找去呢！而且那家的孩子病得那么严重，万一有一天……谁想没儿没女呢……这样……"

德尔塔姨妈的话还没说完，阿尔姆大叔就有点不耐烦地说："说完了没？"

"你不高兴吗？这是一件很寻常的事吗？你好奇怪，

多么好的机会啊，我要是告诉别人，人家一定会谢天谢地的！”

“谁愿意听你就对谁说去，我不想知道这些。”大叔不想理这个女人。

德尔塔姨妈终于爆发了，好像她早就准备好了这些台词：“你这样做就是自私！这个孩子都八岁了，每天在这里什么都不学，什么也不懂。而且我在山下听说，你还不送孩子去上学。你要知道这是我姐姐的女儿，你不考虑她的未来，我得考虑。这是一个很好的机会，特别对海蒂来说这是她一生的开始！”

“闭嘴！”大叔也发怒了，“要带她走就再也别回来，我不想看到她和你一样，不想看到她头上也插着羽毛。带她去吧，去学坏吧！”说完，大叔气冲冲地走出了屋子。

“爷爷生气了，是你惹的？”海蒂也有些生气地说。

“跟我走吧，不用理他。”德尔塔姨妈去拉海蒂的手，“你的衣服在哪里？”

“我不和你走！”海蒂用力甩开了姨妈的手。

德尔塔有点急了：“你快点收拾衣服，我是来给你幸福的，你必须跟我走。”她迅速为海蒂收拾好了衣服。无论海蒂怎么挣脱都没能甩掉姨妈，德尔塔姨妈夹着包，牵着海蒂的手离开了阿尔姆大叔的家。

走在下山的路上，海蒂问姨妈："晚上我们回来吗？"

"哦，如果你想回是可以回来的，明早我们要去坐火车，你要是还想回来，火车可以很快送你回来。"

刚下山，海蒂看到了彼得，突然她想起了婆婆，"我要去看看婆婆，告诉她我要去法兰克福了，让她等我回来。"

"不行，不行，我们的时间不多了，等你回来带着礼物再去看她吧！"德尔塔姨妈是不会让海蒂去的，万一婆婆把海蒂留下了呢？她可是好不容易才把海蒂带下山来的。

看到海蒂和德尔塔走后，彼得赶快回到家里，把他看到的一五一十地告诉了婆婆。婆婆担心地说："那孩子是不会回来了。"婆婆打开窗，虽然她什么也看不到，但她用力的喊道："海蒂，你回来吧……"

海蒂走着，好像总能听到呼唤她的声音。她越是听到这样的声音，越是走得快了些，她希望能快点到法兰克福，买上礼物，然后快点回来去看婆婆，去找爷爷。

现在阿尔姆大叔又成了孤身一人了，因此他更加痛恨人类，每次下山他的情绪都很低落，他的眼里充满了厌恶和无奈。那失明的婆婆，日日夜夜地盼望着海蒂回来，上帝连这一丝光明都不能给婆婆留下。阿尔姆山又回到了早前的平静。

第六章 新生活

海蒂被姨妈留在了一个陌生的地方，这个地方是西西曼先生的家。这里看上去比阿尔姆大叔的小屋要好上千倍，宽敞的房间，豪华的装修，给人一种奢华的感觉。海蒂要陪伴的小女孩是西西曼的女儿，她的名字叫克拉拉·西西曼。由于受伤，克拉拉只能坐在轮椅上，她总喜欢待在书房中，因为书房里让人感到舒适。她特别喜欢在漂亮的书架前思考，可能在那里她能找到学习的契机。克拉拉有一双蓝色的大眼睛，从这双眼中流露出柔和的神色。此时她就坐在书房中，不时地看看墙上的表，好想在等待着什么。

“现在几点了？”克拉拉问罗特迈尔小姐。

罗特迈尔小姐是西西曼先生家的管家，自从西西曼夫

人离世之后，西西曼就把家交给了罗特迈尔，要求只有一个，就是不能否定克拉拉的想法。现在，罗特迈尔正坐在桌子旁刺绣，就听见克拉拉不耐烦地说："我们的客人怎么还没有来？"

就在这个时候，德尔塔和海蒂来到了西西曼先生家门口，德尔塔试图询问车夫约翰，想知道怎么能进到西西曼家，车夫先是说："不关我的事。"然后小声地在一边咕哝："拉那个铃铛，找塞巴斯蒂安。"他指着门前的一个铃铛说。

德尔塔照做后，塞巴斯蒂安走下了楼，可他却说："这也不关我的事，你拉另一个铃铛吧！"德尔塔只好又拉了另一个铃铛，不一会儿，一位外表高傲的女士出现在德尔塔面前，她一脸瞧不起人的表情，她是这里的女仆蒂内特。

"什么事啊！"她冲德尔塔喊道。

"我想见罗特迈尔小姐，可以吗？"

"她正在等着你们，快点上来吧！"蒂内特喊道。

海蒂一刻不停地跟着德尔塔，她们快步走上楼梯。看到德尔塔和海蒂上来后，罗特迈尔站起身，看到眼前这个陌生的小女孩她有些不满意，当然是对她的长相不满意。

"你叫什么名字？"罗特迈尔问这个神情天真的小女孩。

“海蒂。”这个孩子的声音那么清亮透彻，和她的外表完全不同。海蒂穿着一件极为普通的棉袄，头上的帽子虽没有破，但已经很旧了。

“这是什么名字，你没有教名吗？”罗特迈尔有点怀疑。

“我不知道，应该没有。”海蒂答说。

“这孩子是真不知道，还是没有礼貌？怎么连一个得体的名字都没有？”罗特迈尔连连摇头表示对海蒂的不满。

德尔塔瞥了海蒂一眼，马上解释说：“这孩子什么也没学过，什么也不懂，她是真的不知道她的教名。我可以告诉您，她洗礼时的名字就是她妈妈的名字，叫阿德雷德。这孩子很聪明，只要你给她时间，她什么都能学好。”

“这还差不多，但是她看起来实在太小了，必须找一个和克拉拉差不多大的孩子一起学习、一起玩。这个孩子到底多大了？”

德尔塔说：“她是小了点，但也没小多少，她大概十岁了。”

“爷爷说我快八岁了。”海蒂马上插了一句。

罗特迈尔小姐愤怒地看着德尔塔，说道：“这是怎么回事，才八岁？她学过什么东西，读过什么书？和克拉拉相差四岁，这怎么相处呀！”

海蒂很诚实地说："我什么也没学过。"

罗特迈尔惊奇地问："那你怎么识字？"

"我什么都没学过，什么也不会。我不识字，我的好朋友彼得也不识字。"海蒂回答。

"你竟然不识字？"罗特迈尔小姐激动地说，"我们谈的可不是这样，她跟你描述的一点都不相符，这怎么陪克拉拉，她不行，不行……"她边说边摇头，对海蒂十分不满意。

德尔塔看到罗特迈尔这样激动，便走上前去，说："她一定会成为克拉拉最好的伙伴，虽然你现在对她不满意，但是她有她的特别之处。先让她跟你们住一段时间吧，她真的很适合你要找的那种孩子。我还有我的事，我必须得走了，过几天我再过来。"说完，德尔塔向罗特迈尔鞠了个躬，就匆匆离开了克拉拉家。

罗特迈尔起身看着德尔塔离去，等德尔塔的背影消失后，她才想到海蒂就要住在这里了，还有些事情没有商量好。她觉得海蒂的姨妈把她送到这里，就不想管她了。

小海蒂站在门口，一直没有进来。

"过来吧！"一直在一旁看着的克拉拉招呼海蒂。

海蒂走到克拉拉的轮椅旁边。

"你想让我叫你哪个名字？"克拉拉问海蒂。

“我只叫海蒂，没有别的。”海蒂回答。

“好的，我喜欢你的名字，很特别。我更喜欢你的头发，你一直是卷发吗？”克拉拉很好奇。

“应该是这样的。”海蒂不确定地回答。

“你知道你来法兰克福干什么吗？”

“给我的婆婆买白圆面包，我明天就要回家，送给她，她还等着我呢。”一想到回爷爷身边，海蒂就高兴起来。

“你好奇怪，他们是让你来陪我学习的，以后你就住在这里了，怎么还要回去呢？”克拉拉对面前这个小女孩非常好奇，便继续问道：“你要和我一起学习，不过你一个字都不认识，这样上课就有意思了。以前，我上课都是在睡觉，侃德多先生从上午十点讲到下午两点，他自己都躲在书后面偷偷打哈欠，罗特迈尔也犯困，还经常用手绢擦眼泪，那都是困的。我就不能让她发现我犯困，不然她会给我吃难以下咽的鱼肝油。”克拉拉生动地讲述着她上课时的情景，停了停，她接着说：“你来了之后我们就有意思了，因为你什么都不会，你学习的时候我就可以在旁边听着了。”

海蒂不太相信地听着克拉拉的话。

克拉拉开始很认真地对海蒂说：“你一定要学会认字，侃德多是一个很好的老师，他又认真又负责，他会仔细地给你讲所有的知识。不过我想告诉你，如果你没有听明白他讲的你也别再问了，你要是问他他会再给你讲一大堆，你会越听越糊涂的。你就等一会儿，学了后面的前面的自然就会了。”

罗特迈尔小姐在餐厅和书房之间走来走去，她对海蒂很不满意，但又不能明确地说出来。在她走到第三圈的时候她转进了厨房，看到塞巴斯蒂安正盯着餐桌上的饭菜。

塞巴斯蒂安看到罗特迈尔小姐进来说：“我们吃晚饭吧，明天再去想这些事情。”

罗特迈尔小姐烦躁极了，大声呼喊着蒂内特。蒂内特还是那副瞧不起人的表情，慢腾腾地一步一步挪到了罗特迈尔小姐面前。管家的火气越来越大，可她尽量克制着自己的情绪，对蒂内特说：“把小客人的房间再打扫打扫，有的家具都积灰了。”

“我也这样认为。”蒂内特一个转身，像来时的那个模样，出去了。

这时，发出几声砰砰的响声，那是塞巴斯蒂安在打开书房的门。他明显有些生气，他正要把克拉拉从书房推到隔壁，海蒂站到他面前，目不转睛地看着他。他大喊起来：“有什么好看的？”海蒂说道：“您长得很像我的好朋友彼得。”女管家生气地说：“你怎么能和仆人这样说话，我真不敢相信还有这样的孩子。”

隔壁就是餐厅，塞巴斯蒂安帮克拉拉坐到了椅子上，桌子周围只有三把椅子，罗特迈尔小姐坐上椅子后示意海蒂坐在空椅子上，她们的距离很远。等蒂内特摆放饭菜，海蒂就盯上了碟子旁边的白面包。海蒂心里把塞巴斯蒂安当成了彼得，对他充满了信任。塞巴斯蒂安把一碟小烤鱼端到海蒂面前，海蒂指着白面包问他：“我能不能吃这个？”这让塞巴斯蒂安不知如何是好，他先向海蒂点点头，立刻又看了看女管家。海蒂得到了塞巴斯蒂安的许可后，迅速将白面包放进了口袋。接下来海蒂又问了塞巴斯蒂安好多问题，然后女管家就说：“你可以离开这里了。”塞巴斯蒂安便离开了餐厅，管家转向海蒂，说道：“阿德雷德，你该学的东西太多了，现在我得给你讲讲规矩……”

“以后没事就不要和塞巴斯蒂安说话，除非你要命令他做什么……”随后管家又告诉了海蒂应当怎样称呼这房子里的每个人。

“以后你要早起床，房屋要保持整洁……”

女管家的话还没说几句，就看见海蒂已经呼呼大睡起来，她实在太累了，这一天她的生活发生了翻天覆地的变化，当罗特迈尔小姐的说教结束后，克拉拉开心地说：

“她早就睡着啦！”女管家无奈地让蒂内特和塞巴斯蒂安把海蒂抱回了她的房间。

海蒂什么都不知道了，她也不知道她的明天会是什么样的。

第七章　捣蛋鬼

又是一个明媚的早晨。

海蒂从睡梦中醒来，周围的一切都是那么陌生。她环顾四周，发现这是一间宽敞的房间，床上的床单和窗户上的窗帘既整齐又洁白。屋里有两张椅子，一张沙发，对于海蒂来说这一切都那么新奇。在一个角落里还有一个洗手池，洗手池上摆着一些奇怪的东西。

两分钟后，海蒂站在地上，拼命思索自己这是在什么地方。慢慢地，她记起了昨天她睡觉之前是在听罗特迈尔小姐讲规矩，就这样，昨天发生的事情一件一件回忆起来，她终于明白自己是在法兰克福。

她急忙走到窗前，想看看法兰克福的早晨是否和阿尔姆山一样。可是她力气实在太小了，连窗帘都没能拉开，没办法她只好钻进了窗帘里。但又因为她个子太小，连窗台都上不去，她扒着窗户跳了几下，可还是什么都没看见。

海蒂很失望，不由让她想到了阿尔姆山。在那里，早晨一起来就能看到蓝蓝的天，青青的草地，好像一切都在和她说早安。可现在，她什么都看不到，就像一只小鸟被关进了美丽的笼子，她多想有一双翅膀，飞出去看看蓝天白云、红花绿草，但她被一个又一个栏杆拦了回来，她出不去，窗户外面是什么她非常渴望知道。

就在这个时候，蒂内特推开房门，冲着海蒂喊了一声：“早饭准备好了！”显然，她对海蒂不是很友好。海蒂不知道是叫她上去吃饭，便坐在一边，没过多久，罗特迈尔小姐就冲了进来：“你怎么还不上去吃饭，快点！”海蒂这才起身跟着她向楼上走去。在桌子旁，克拉拉已经坐在了她的位置上，看到海蒂，她非常和善地向海蒂说早安。

早餐进行得很顺利，罗特迈尔小姐在早餐结束后吩咐海蒂：“你要陪着克拉拉小姐，一直等到侃德多先生来。”说完，她转身离开餐厅，做自己的事情去了。餐厅里就只剩下克拉拉和海蒂，这时海蒂开口问道：“我想看看窗外该怎么办呢？”海蒂的眼睛里充满渴望。

这可把克拉拉逗笑了：“你可以打开窗子呀！”

“我试过了，可我怎么都打不开！”海蒂连忙解释。

“这我也帮不了你，你这么小，确实很难打开，你……”克拉拉想了想说，“哦，你可以找塞巴斯蒂安，他一定能打开窗子的。”

原来这里的窗户是可以打开的，这让海蒂松了一口气，她可不想被关在笼子里。

克拉拉对海蒂十分好奇，不停地问了很多关于海蒂家的问题。海蒂也像打开了话匣子，迫不及待地告诉克拉拉阿尔姆山的景色有多么美丽，在那里她有多么快乐。

她们不知道聊了多长时间，侃德多先生来了，他没有直接给她们上课，而是先跟着罗特迈尔小姐到了餐厅。他们二人面对面坐下来，管家开始滔滔不绝地倾诉。

“前一段时间，我给西西曼先生去信，告诉他想为克拉拉小姐找一个孩子伴读，克拉拉小姐这么多年学习生活都是一个人，我想有一个孩子陪着她，她学习起来应该会更有劲头，她的生活也会更有趣一些。而且，来一个人也能帮我分担一些。我每天面对着克拉拉，为了让她开心，我几乎费尽了心。

“西西曼先生给我回信说，可以找一个孩子，但是，必须对待这个孩子要和对克拉拉一样。

“现在，我家来了一个孩子，但我对她很不满意，她什么都没有学过，你可能得从A、B、C开始讲了。她不仅学习要从零开始，就连生活中的很多规矩也得从头开始。”罗特迈尔小姐不停地诉说着海蒂的种种不好，露出一副惆怅的神色。

听了管家的话，侃德多先生说：“那你希望我做些什么？”

管家好像就在等着这句话似的，连忙说：“你出面和西西曼先生说，这个孩子和克拉拉小姐不在一个层次上，在一起上课对克拉拉小姐没好处，这样的话，西西曼先生就会让这个孩子离开了。我不能自己把她送走，因为主人已经知道她来到家里了。”

侃德多先生是一个谨小慎微的人，他想问题一向很全面。他思考考了片刻，说道：“小孩子不好可以慢慢教，这方面不突出，别的方面可能会很出色。慢慢来，不用这么着急。”

管家看到侃德多先生不想帮自己，便让他去书房了。她留在了屋子里，思考着应该让仆人怎么称呼海蒂。

可是没过一会儿，一阵嘈杂的响声打断了管家的思绪。她急忙冲进书房，只见眼前是一片狼藉的景象，书本、墨水、桌布，通通散落在地面上，地上还有一道刺眼的墨水印，而海蒂不知去了哪里。

罗特迈尔小姐不禁尖叫起来：“看到了吧，看到了吧！没人比她更调皮捣蛋的了，她就不是一个省油的灯！”管家气得说不出话来，只能大声喘气。

侃德多先生见此情景也惊讶极了。克拉拉在一边却像是在看笑话一样，说道：“这些是海蒂干的，她听到了马车声就飞快地冲了出去，可是不小心勾住了桌布，东西就这样掉在地上了。不过她不是故意的，可能就是对马车太好奇了。”

“这个孩子根本就不懂得规矩，自己想做什么就做什么，想什么时候出去就什么时候出去，现在也不知道去了哪里！你也看到了侃德多先生，我跟你说的没错吧！”罗特迈尔小姐平复了心情，一边看着仆人收拾地面一边和侃德多先生说。

等了一会儿，海蒂还是没有出现，罗特迈尔小姐便亲自去楼下去找她，海蒂正向门外张望，看着街上来来往往的车辆，她转身见管家正在身后，便困惑地问道：“我刚才明明听到了杉树哗哗的声响，现在却怎么也找不到了，它到哪儿去了？”

“你这个孩子在说些什么？我们这里怎么会有树，杉树也只能在树林里吧！别再想这些奇怪的问题了，你先和我上楼，看看你做的好事。”回到书房，海蒂吃了一惊，她完全不知道这一切是她造成的。

“这次我什么都不说了，但我告诉你，下不为例！上课你就老实地坐在椅子上，要是再坐不住我就要把你和椅子绑在一起。”罗特迈尔小姐没好气地对她说着规矩，海蒂连忙点点头：“好的，我以后会安静地坐在这里的。”

房间还没有收拾好，所以今天的课程也就这样结束了。

罗特迈尔小姐给海蒂规定，下午克拉拉休息，她可以自由活动。不知道海蒂又想做什么了……

第八章　可爱的小生命

海蒂一直盼望着克拉拉早点休息，她的小脑袋里早计划好了去干什么。不过，她需要别人的帮助。克拉拉一躺上床，海蒂就去找塞巴斯蒂安，说："塞巴斯蒂安，你能帮我吗？"因为罗特迈尔小姐已经告诉她要直呼仆人的名字。

塞巴斯蒂安有些奇怪，不带好气地说："怎么了，小小姐？"

"我想让你帮我一个忙，就是……"海蒂还没想好要怎么和他说，塞巴斯蒂安看上去有些恼火，海蒂连忙解释，"不是上午那样的事情。"

"你为什么直呼我名字？"

"管家要求的，她让我和别人一样。"海蒂解释道。

看到海蒂只是听从命令而已，塞巴斯蒂安觉得没什么

可计较的了，便友好地对海蒂说：“你需要什么，说吧，小小姐。”

海蒂不解地说：“你为什么这么称呼我，我叫海蒂呀！”

“管家要求的，我只好遵守啦！”

“好吧。”海蒂已经发现了，在这个家中罗特迈尔小姐的话就如同圣旨一样，每个人都必须听从她的话。海蒂叹气道：“来了这儿，我的名字一下变成了三个。”

“小小姐，你还没说你要我帮你什么事呢！”

“我想打开窗户，但是我的个子太小，打不开！”

“哦，就这件事啊，简单。”说着，塞巴斯蒂安走到一扇大窗户前面，一下就把窗户推开了。塞巴斯蒂安为海蒂搬来一把木凳，海蒂站上去，急忙把头伸到外面，想了一天的事终于在这一刻实现了。但是，海蒂又一次失望了，因为透过窗户，她只看到了一条石板路，她想看到的树木、花草全都没有。

海蒂很困惑，她不相信这里真的没有那些她想看到的东西。“对面的窗户上能看到什么？”她问塞巴斯蒂安。

“没什么，和这里差不多。”说着他走到对面的窗前，指着远方的一座高楼对海蒂说：“你要是上到那个教堂的钟楼上，就能看到很遥远的地方。”

海蒂听了再次飞快地冲出房门，在街上奔跑了很久，但还是离钟楼很远很远。她一直向前跑，跑得都快迷路了，但还是没到达钟楼。她想找一个路人问问怎么去钟楼，可是大家都是匆匆忙忙的，根本没时间停下来听她的问题。就在这时，一个男孩子出现在海蒂面前。他背着一把手风琴，怀里还抱着一个小动物。海蒂连忙跑上去，问道："我想去教堂的钟楼，你知道怎么去吗？"

男孩淡淡地说："不知道。"

"我该问谁呢？"

"不知道。"

"高高的教堂钟楼在什么地方。"海蒂越来越急。

小男孩看到海蒂这么执着，就仔细打量了下海蒂，说道："我倒是知道一个，你要跟我去吗？"

海蒂拼命点头。

"我带你去，你给我什么东西呢？"

海蒂摸索了身上的每一个角落，她什么都没有，只有一张贺卡。这张贺卡还是克拉拉今天早晨送她的礼物，这是她长这么大收到的第一件礼物。她很舍不得，但是为了能看到青山，她还是递向了那个男孩。

"就这个，不行。"男孩看了一眼，立刻回绝了海蒂。

"多少钱？"

“两芬尼。”

“行，克拉拉肯定有！”

男孩见女孩这么痛快，就没再对海蒂有所怀疑，便背起琴带着海蒂向钟楼走去。海蒂还是止不住她的好奇，她边走边对男孩背上的琴问东问西，男孩则为她一一解答，他告诉海蒂他背上背的是一把手风琴，他可以用这把琴弹出美妙的音乐，海蒂听了立即对身边这个男孩充满了崇拜。没过多久，男孩停下了脚步，海蒂抬头一看，他们已经到了钟楼的下面。

“怎么进到楼里啊！你带我进去吧”海蒂迫不及待地对男孩说着。

“这我就不知道了。”

海蒂不甘心，她四处寻找入口。她发现门的旁边有一个铃铛，她想起姨妈送她去克拉拉家时就是先摇的铃铛，所以她也用力摇了几下铃铛。可是过了一分钟也没有人来开门。

“你怎么才能带我进去啊！”海蒂不相信男孩没有进钟楼的办法。

“那你还得给我两芬尼。”

“行，没问题。”海蒂现在顾不上这些了，只要能进到钟楼里怎么样都行。

就在这时，有一位老爷爷从门里走了出来，他愤怒地看着面前的两个孩子：“谁摇的铃铛？想上楼的时候才摇铃铛，你们摇铃铛干什么？”

男孩指指海蒂，证明摇铃铛的不是他，是海蒂。

“我就是想上钟楼。”海蒂听到老爷爷说的正好是她想做的，又激动又兴奋。

“你上去干什么？”

“我就是想上去，上去看看下面的景色，看看有没有美丽的山谷。”海蒂边说边想象着她渴望的景色。

老爷爷在门口犹豫了很长时间，海蒂一直在用渴望的眼神凝视着爷爷的脸。爷爷也被这个孩子的眼神打动了。“你真那么想上去，那就来吧，我带你上去看看。”爷爷拉起海蒂的小手进了钟楼。

男孩并没有跟上，只是自己坐在楼梯上，他在等海蒂给他钱，他可不想上那么高的地方，他知道上面什么都没有。

老爷爷带着海蒂上了很多台阶，顺着钟楼一圈一圈向上盘旋。他们通过一条狭窄的小道后，海蒂看到了一扇格外大的窗户。老爷爷将海蒂抱起，透过窗户海蒂看到了窗外的一切。这是她这几天一直渴望看到的，可是窗外的景象还是让海蒂伤感起来，因为她想看到的山谷、杉树并没有出现，眼前只有一片屋顶和烟囱。

“看到了吧，这就是下面的景象。”老爷爷说。

“这不是我想看的，和我想象的不一样。”

“就这些了！”老爷爷边说边把海蒂从窗上抱下来。“以后别来了，就这些东西，别再来打扰我了。”他们的顺着来时的路往回走，当他们走在一个平台上时，海蒂看到一个大笼子，里面有好多好多猫，有一只大猫，应该是猫妈妈，还有七八只小猫。海蒂看到这些猫喜欢得不得了，老爷爷好像看出了她的心思，“你要是喜欢就送你一只。”

“可以吗？可以给我吗？”海蒂不敢相信地问。

“当然可以。”

“我该怎么带走它呢？”

老爷爷想了想，说：“你告诉我你的地址，我可以给你送去。”

这位老爷爷在这里守钟楼很多年了，他每户人家都知道，所以他一定可以送到海蒂住的地方。

“我住在西西曼先生家。”

“好的。”老爷爷正准备带海蒂下楼，突然看到那只老猫睡熟了，他小心翼翼地给海蒂抓了两只小猫，“给你这两只，我们快走吧！”海蒂高兴极了，她想克拉拉看到这两只小猫一定会很高兴的。

老爷爷把海蒂送出门口，就关上了钟楼的大门。刚才带海蒂来钟楼的那个男孩出现了，海蒂连忙走上去问："你知道西西曼家吗？"

"我不知道。"

海蒂拼命给他描述西西曼先生家的样子："他家的房子非常大，有尖尖的屋顶，灰白的墙面……"说了许多后，男孩突然叫起来："我知道了，跟我走吧！"

他们拐了两个弯，海蒂就看到了她熟悉的狗头门环。她连忙上前拉动铃铛，很快塞巴斯蒂安就打开了门："小小姐，你可回来了！"他根本没有看到海蒂身后还有一个男孩，等海蒂进来后他就关上了大门。

"直接去餐厅！快点！"

海蒂走进了餐厅，那里充满了火药味儿。就在这个时候，"喵！"全屋子的人都四处张望，女管家看着海蒂，只见海蒂偷偷地看着自己的兜，试图不让兜里的东西发出声音，可是一声、两声，小猫叫得越来越厉害。女管家走到海蒂身边一看，竟然有两只猫，吓得撒腿就跑。边跑边喊："塞巴斯蒂安，赶快把那吓人的东西处理掉，快点……"

餐厅里就剩下了海蒂、克拉拉还有塞巴斯蒂安。克拉拉让海蒂走到跟前，看到两只可爱的小猫，克拉拉高兴地说："你们一定要帮我照顾好它们。"

塞巴斯蒂安答道："没问题。"

第九章　肇事者

太阳再一次升起，昨天的事情就被留在了过去。

清晨，一阵疯狂的敲门声开启了塞巴斯蒂安一天的工作。他以为是西西曼先生回来了，因为没有人敢这样敲他们家的门。可打开门一看，他吃了一惊，敲门的是一个背着手风琴，穿得破破烂烂的陌生男孩。

“你想干什么，这么用力敲门！”塞巴斯蒂安生气地问他。

“我找克拉拉。”男孩说。

“克拉拉也是你叫的？别人都叫她‘克拉拉小姐’，你知道吗？”塞巴斯蒂安不客气地说，“你找克拉拉小姐有什么事？”

“她欠我钱，四芬尼！”男孩理直气壮地回答。

“怎么可能？小姐每天都待在家里，连门都不出，怎么可能欠别人钱，你是不是找错了。”塞巴斯蒂安不相信男孩。

“昨天我为她带的路，然后又把她送回家，就这样一去一回是四芬尼。”小男孩非常镇定地说，“她长着短短的、黑色的卷发，她的裙子应该是棕色的，她说话怪怪的，和咱们不一样。”

这时塞巴斯蒂安想到了他家新来的成员，也就是小小姐——海蒂。“又是她！”他小声地嘟哝道。

“好吧，算你说对了，你和我上去吧，但是你得听我的话，一上楼你就得拉你的手风琴，克拉拉小姐最喜欢听这样的音乐了。”说完后，他们一起走上了西西曼家的楼上。经过克拉拉小姐的同意，男孩走进了克拉拉小姐的房间。

男孩果真一进书房就拉起了手中的手风琴，琴声悠扬，很快传入了罗特迈尔小姐的耳朵里。罗特迈尔小姐正在忙着，忽然听到这清晰的音乐让她吃了一惊，她竖起耳朵听着，想找到音乐的根源。她顺着音乐的方向走去，没走几步就来到了书房门口，她不敢相信是这里传来的音乐，因为海蒂和克拉拉小姐正在上课。她用力一脚把门踢开，只见眼前有一个小乞丐正在拉手风琴，侃德多先生也不知道该如何是好。

“停下来，快给我出去。”罗特迈尔小姐嗓门提高了八度，可是谁都没有听见。克拉拉和海蒂还在听着卖艺男孩用心拉着每一个音符。罗特迈尔小姐正准备亲手去阻止那个男孩，突然一个东西在她裙子下面乱窜。她先是一惊，瞬间猛跳了起来："啊！塞巴斯蒂安，快过来！"

塞巴斯蒂安正在门口偷笑着管家的一惊一跳。女管家的一声尖叫惊醒了屋子里的所有人，男孩立刻停了下来。管家愤怒地吩咐塞巴斯蒂安："快把他和地上的动物带走，快去！"

塞巴斯蒂安塞给了男孩四芬尼，把他送出了门。

房间里安静下来，侃德多先生开始继续他的课程。可是这样的安静并没有持续多长时间……

又一阵敲门声传进了西西曼先生家，塞巴斯蒂安的第二件事是替克拉拉小姐接收了一个大篮子。

克拉拉小姐正在上课，就听到下面的塞巴斯蒂安喊道："有人给您送了一个大篮子，不知道里面是什么东西。"

克拉拉让塞巴斯蒂安把篮子拿到书房，管家也跟了进来。还没等他们打开篮子，就见一只活的东西跳了出来，大家仔细一看原来是一只小猫。接着两只、三只、五只……满屋子都是小猫！克拉拉高兴地叫着："好可爱的小猫啊！太可爱了！"海蒂也兴奋地抓起这只，放下那只。罗特迈尔小姐已经被吓得尖叫起来，她拼命喊着蒂内特和塞巴斯蒂安。侃德多先生的课也没办法再上下去了，他怕踩到小猫，一小步一小步地挪出了书房。

这天晚上，管家和家里的仆人们开了一个家庭会议，他们一定要查出这件事的真相。其实答案很明显，这些事的最终“肇事者”就是海蒂。

管家怒气冲冲，就像眼中有一团火。海蒂在一旁不知道大家在商量什么，也不知道她将遭遇什么。管家冲她严厉地喊道：“你真是越来越放肆了，我得给你点惩罚，要不你就不知道天高地厚。从明天起你就去地窖里住一周，那里有臭虫和老鼠，你去和它们做伴吧！”

“不，不能，等爸爸回来！”克拉拉坚决不同意这样的惩罚，“罗特迈尔小姐，我已经给爸爸写信了，等爸爸回来再处理小小姐的事情。”

罗特迈尔小姐可不敢得罪克拉拉小姐，她只好遵命，乖乖等待着西西曼先生回来。在等待的这些天里，海蒂安静了许多，她没有再做出什么出格的事情。只是管家的心里还很难受，而且看到眼前的海蒂她就觉得更加不舒服了。但克拉拉，她很喜欢有海蒂在的日子，海蒂为她打发了不少时间。

一天下午，海蒂又陪在克拉拉的身边，为她讲阿尔姆山上发生的一切。当她讲到自己第一次和彼得上山放羊时，怎么都控制不住自己的情绪，她太久没有回去了，她思念她的爷爷，她思念她的山谷！“明天我要回一趟家，我一定要回去！”

那天晚上，海蒂失眠了。她翻来覆去地想在这里的一切，她来到这里这么长时间，她已经清楚地知道自己不能再像过去那样自由地玩耍了，在这里最能帮助她的人就是塞巴斯蒂安，但是她不能随便和他说话。她从蒂内特的眼神中看到了嘲笑，所以她不想和她说话，更不想求她帮忙。想着想着，海蒂进入了梦乡，她梦到了阿尔姆山上变绿的草，梦到了阳光下黄色的鲜花，梦到了白雪覆盖的山谷，梦到了她想看到的一切。

第二天醒来，海蒂的眼里含满了泪水，她好想回到阿尔姆山，她受不了了，她想来的时候姨妈说她什么时候想回家就能什么时候回去，可是现在变成了这样。她坐在床上想了一会儿，决定今天就走，不过还是要先吃个早餐，能多给婆婆带一个白面包。

吃过早饭，海蒂穿上了红披肩，里面装了满满的白面包，她带上草帽，向楼下走去。可是，刚走到门口就碰上了管家。

管家没有好气地问她：“你干什么去？”

“我要回家。”海蒂回答。

“回家？你这又是怎么想出来的。你怎么每天都有这么多想法？这里怎么了？我们对你不好吗？我可告诉你，你好好待着，这件事千万不能让西西曼先生知道。”女管家非常不理解海蒂的做法，她也根本不想听海蒂的任何解释和回应，继续说：“你别身在福中不知福，你家里有人伺候你吗？肯定没有。”

海蒂的眼泪在眼睛里不停地打转，她终于控制不住，哇哇大哭起来：“阿尔姆山上的一切都在等着我，我的‘雪跳跳’，我的‘黄雀’，彼得、婆婆，特别是我的爷爷。呜呜呜……他们……他们需要我……呜呜呜……”

“她真是疯了！”管家向楼上冲去。塞巴斯蒂安正向楼下走，“快把她带上来，别让她没完没了地嚎啕大哭。”

“怎么了，小小姐，为什么这么伤心？”塞巴斯蒂安走到海蒂身边，他想安慰一下这个哭成泪人的孩子。“振作起来，开心点，刚才的事情都过去了。她让我把你带上楼，咱们快走吧！”

海蒂伤心地一步一步走上楼梯，看上去和平时判若两人。塞巴斯蒂安不知道该对海蒂说什么，突然他灵机一动，在海蒂身后轻轻地说：“等到女管家不在的时候，我带你去看小猫，怎么样？”

海蒂没有像往常那样高兴地跳起来，可能是太难过了，她只微微点了点头，就静静地回到了自己的房间。

晚饭时海蒂什么都没吃，她只是把两个白面包放进了自己的兜子里。饭后，管家来到克拉拉小姐的房间，说道：“把你的衣服给海蒂几件，你看她的衣服一点都不体面。”克拉拉非常愿意：“给她多少都可以。”

第二天罗特迈尔小姐从克拉拉小姐那里选好了衣服，准备给海蒂放进柜子里，顺便帮她收拾一下柜子。可是打开柜子后她又尖叫起来：“这是什么？怎么这么多白面包？扔掉！蒂内特，快扔掉！”

“不要！”海蒂撕心裂肺地叫着，“不能扔我的草帽，这些面包更不能扔，这些都是给婆婆的。”可是蒂内特的动作太快了，海蒂根本阻止不了她。海蒂坐在地上大哭起来：“我的面包，我的草帽……婆婆的面包……”哭声是那么的伤心，一声比一声大，一声比一声痛苦。

克拉拉知道海蒂这么痛苦，她也非常难过：“等你回家的时候我会给你更多的白面包，你不要哭了，你一定能带着最新鲜的白面包给婆婆的。”海蒂听到这几句话后，慢慢停止了哭泣。她转向克拉拉：“你真的会给我更多的白面包吗？”

“会的，一定会，只要你不再哭，只要你不再伤心难过。”克拉拉看着海蒂说道。

到了晚上，海蒂回到自己的床上，看到自己的草帽正在枕头上，她摸着草帽笑了，她知道，一定是塞巴斯蒂安帮她拿了回来。

第十章　第一次见新主人

这一天西西曼家热闹非常，原来是西西曼先生回来了。两个仆人蒂内特和塞巴斯蒂安忙前忙后，没一刻清闲。因为每次西西曼先生回来，都会给他的女儿克拉拉带很多礼物。仆人将一件又一件的东西搬进房间，西西曼先生迫不及待地来到宝贝女儿的屋里。此时克拉拉正在听海蒂讲着有趣的故事。

父女相见第一件事就是要热情地拥抱一下，西西曼看到自己的女儿后非常开心，克拉拉见到自己深爱的爸爸也非常幸福。海蒂可是第一次见西西曼先生，平日活泼的她，现在害羞地躲进了小角落里。西西曼先生和女儿打过招呼后，便朝向海蒂问道："你是我女儿的小伙伴吧？过来，和我握握手。"海蒂走上前，轻轻地伸出小手，当西西曼先生的大手握住她的小手，海蒂感受到了一阵浓浓的暖意。

“请你告诉我，你和我的女儿是好朋友，还是总吵架呢？”西西曼先生问海蒂。

“我们是好朋友！”海蒂很干脆地回答。

克拉拉也忙说：“我和海蒂非常要好。”

“我很高兴听到这样的话。”西西曼先生看着女儿，说：“克拉拉，爸爸要先离开一会儿，我得先去吃个饭，我一天都没有吃东西，一会儿和你一起来拆礼物。”

“好的，您去吧！这里有海蒂，没关系。”克拉拉笑着对爸爸说。

走进餐厅，西西曼先生就看到一旁的罗特迈尔小姐，她的脸色很难看，西西曼先生的好心情也被她的脸色破坏了一大半。“你是怎么了？脸色这么难看！”西西曼先生问道。

“有一件事我必须得和您说，这件事和克拉拉小姐有关。”管家一脸严肃，显然这是一个不好的消息。

“怎么回事，你说吧！”西西曼先生喝了一杯酒，看起来很平静，并没有过于惊奇。

“她骗了我们……”管家欲言又止。

“谁？你说清楚！”西西曼先生有些急了。

“我在书上看到的瑞士女孩没有像她这样的，我以为瑞士女孩都是受过良好教育的、都举止文明，可她完全不是这样。”管家停了停，继续说：“我原本想找一个完美的孩子，所以我想到了山区的孩子，我觉得山区的孩子纯净，没有杂念，可谁想……唉……”

“这些和克拉拉有关系吗？”西西曼先生越听越迷糊。

“这孩子做的事情让人很气愤！她把动物带回家，她脑子也不太正常！……”

西西曼先生一听海蒂的脑子都不正常，才觉得这真是一件严重的事情。自己的女儿怎么可以和一个脑子不正常的孩子在一起呢？“你说具体点，她怎么不正常了？”

“有什么事您问老师吧，他会一五一十告诉您的。”

就在这时，侃德多先生走了进来，他看到西西曼先生非常激动，连连和对方握手。西西曼先生现在只想搞清楚海蒂做了什么，于是他对侃德多先生说：“你不用问候了，告诉我陪我女儿的那个孩子到底做了什么，什么动物啊人啊的，脑子还不正常？快点清清楚楚地告诉我。”

“哦，先生，我见到您非常高兴，那个孩子嘛！我觉得，一方面，她……”侃德多先生根本体会不到西西曼先生的焦急，细声细语、慢慢吞吞地说着他的看法。侃德多先生被西西曼先生打断了好几次，直到最后西西曼先生也没听明白他要说什么。

“实在抱歉，我的女儿还在等我，失陪了。”西西曼先生不想听侃德多先生继续啰嗦。他快步来到了女儿的房间，对海蒂说：“去给我倒杯水吧！”

“是新鲜的水吗？”海蒂问。

“是的。”

海蒂撒腿冲出了房间。

“克拉拉，你能告诉我海蒂把动物和人带到家里来是怎么回事吗？而且管家说她脑子似乎也不正常，你觉得呢？”西西曼先生搬了一把椅子坐在克拉拉旁边，等待着女儿告诉他真相。

克拉拉说起这件事来却非常开心，她开心地讲述着她们的喵咪是怎么吓到管家的，还讲述了她听到男孩的拉琴声。西西曼先生从她的讲述中读出了快乐，听完以后也十分开心：“你不想让她离开这里是吗？看起来你很喜欢她啊！”

克拉拉连连点头：“她给我带来了很多快乐，我每天的时间也过得非常快，她很喜欢给我讲故事。”

这时，海蒂拿着杯子走进了房间：“给您，这是您要的新鲜的水，我刚从井里打的。”

“真的吗？那你走了很远吧？”

“嗯，我走了三条街才打上，打水的人好多啊！不过我打上水后，一个白头发的老爷爷让我替他向您问好。”

“他是谁呢？”西西曼先生问海蒂。

“他看上去人很好，有一条金链子，上面有红宝石……”海蒂边说边想，“对了，他的拐杖上有个马头。”

“是医生朋友。”克拉拉这时也知道了是谁。

吃晚餐时，西西曼先生宣布海蒂要留在家中，她和克拉拉小姐的待遇必须一致。听到这些罗特迈尔小姐的脸色有些不好看，不过这已经是不可更改的事实了。而且西西曼先生告诉大家，他的妈妈，也就是克拉拉的奶奶过段时间就要来，她一定会教给海蒂很多知识的。

西西曼先生只在家中待了两周，在他离开家的时候最难受的就是克拉拉了。西西曼先生摸着女儿的头说：“奶奶过两天就来了，你要好好的！”

第十一章　把故事讲给她听

西西曼先生说克拉拉的奶奶过不了几天就会来，可他没有想到，老夫人在他走的第二天就来了一封信，说她明天就会抵达。克拉拉听到奶奶马上就要到家了，高兴得不得了。

第二天，西西曼先生家里忙成了一团。仆人们布置着家里的一切，罗特迈尔小姐则监督着每一个工作的人，验收他们的工作。仆人们想得很周到，特别是塞巴斯蒂安，他找到了家中所有的小凳子，只要能放的地方就都摆上一把，夫人什么时候累了，什么时候就能坐下来休息。

不一会儿，门外传来了马铃铛的声音。蒂内特和塞巴斯蒂安用最快的速度打开门，罗特迈尔小姐也很快出现在了西西曼夫人面前。

而海蒂则被关进了她的房间，而且已经有人告诉她：没有人叫她，她就不能出来。她安静地坐在自己的床上，她也不想现在就看到西西曼夫人，因为她还不知道该如何称呼她。那天她把西西曼夫人称为“奶奶”，管家就严厉地告诉她这样不行，但管家也没给他一个明确的回复，到底要怎么称呼海蒂也没敢问她。

海蒂自己在屋里待了不一会儿，蒂内特伸进头来说：“去书房！”她还是没有改变她那不友好的口气。海蒂心里忐忑极了，她真不知道该说什么。

打开书房的门后，还没等她张口，就听到一个和善的声音：“这就是那个孩子吧！真可爱，快过来让我瞧瞧！”

“您好……夫人！”海蒂刚刚想到了一个称呼。

“你叫什么名字？”西西曼夫人问。

“我叫海蒂，但到了这儿以后就改名字了，改叫阿德……阿德雷德。”海蒂这会儿就像是有了口吃，说话吞吞吐吐的。因为这个名字只有管家才这样叫她，她很不熟悉。

“我看出来了，这个名字你一点都不熟悉。”奶奶拍拍海蒂的小脑袋，她的样子十分慈祥，海蒂看到她第一眼就知道她没有恶意。她那一头白发上还有一些小装饰，海蒂看到后感到这真是一位亲切的老太太。

就在她们说名字的时候，罗特迈尔小姐推门走了进来。她说：“她应该有一个像样的名字。西西曼夫人也同意我的做法，对吗？”

“罗特迈尔，她已经习惯了哪个名字就叫哪个名字吧！我很喜欢‘海蒂’这个名字。”西西曼夫人回答了管家。

管家并没有认真听西西曼夫人的解释，因为夫人在叫她的时候并没有带上“小姐”二字，她心中正在燃着火气，但是她不敢发泄出来。

西西曼夫人是个很敏锐的人，她能洞察到家里发生的每一件事情，海蒂在之前发生的事情迟早有一天会被西西曼夫人觉察到的。

这是西西曼夫人到来的第二天中午，克拉拉躺在床上休息，西西曼夫人则坐在克拉拉身边，突然她想起了海蒂，她以为她在餐厅，可进了餐厅之后发现并没有人在。然后她向罗特迈尔小姐房间走去，她用力地敲门，如果是别人管家一定会大发雷霆了，可当她打开门发现是西西曼夫人时，立刻恭敬地鞠了一躬，问：“您有什么事吗？”

“那个孩子在什么地方？”老夫人问。

“她在她自己的房间。”管家回答道。

“她每天这个时候都在做些什么？我想知道。”老夫人继续问。

“她总会瞎想一些事情，做一些别人无法理解的举动，还有一些事情是咱们这样的上流家庭不可能发生的。”管家觉得自己说得很有道理。

“如果我自己待在屋子里也会这样的。你现在把她叫出来，让她来我房间，我带来几本她应该看的书，快去吧！”老夫人吩咐罗特迈尔小姐。

“她看书？来这里这么久了，她就没有学会过A、B、C，更别说认字了。她就是块朽木，不可雕了。”管家气得直搓手，她多希望老夫人收回命令，不用她去叫海蒂。

“让你去叫她你就赶快去，别说那么多没用的话。她看上去聪明得很，不认字就先看图，快点去叫她！”

管家还想再解释几句，老夫人已经走回了自己的房间，罗特迈尔只好乖乖去叫海蒂了。西西曼夫人回到房间里琢磨着管家说的话，她一定要想办法弄清楚这个孩子究竟在想些什么。至于咨询侃德多先生先等等再说，因为侃德多先生实在太啰嗦了，和他谈话很浪费时间。

过了一会儿，老夫人一抬头发现海蒂已经站在门口了，她招手示意海蒂过来。老夫人给她捧起一本书，可是她看到书上的图后又大声哭了起来。因为在书上，她看到了她一直思念的草原，看到了她一直想念的羊群，还看到了一个小牧童拿着鞭子站在那里，他真像彼得。

老夫人看到海蒂这么激动，连忙拉起海蒂的手问：“别哭了，这里面有很多的故事，这些故事很有趣，你一定会喜欢的。”善解人意的老夫人安慰了她很长时间，等她恢复过来后，西西曼夫人把海蒂拉到身旁，说：“能不能告诉奶奶，你和侃德多先生学到了什么？”

“什么都没有学到，我什么都学不会，学这些实在是太难了。”海蒂很无奈，她对学习一点信心也没有。

“你一定会学会认字的，你要相信我。”老夫人又给海蒂翻开了书，“刚才你看到的是青草、鲜花，再往后你就能读到牧羊人在干什么，小羊羔发生了什么。想知道这些你就先要认字才行。”

海蒂接过书，看着书上的图画和文字，叹了一口气：“我要是认得字该多好啊！”

“一定行的！过不了多久，你就能给我讲这些故事了，我相信你，你也要相信我。”老夫人鼓励着海蒂。

“咱们走吧，去看看克拉拉在干什么。”海蒂跟着老夫人走进了克拉拉的房间。

和西西曼夫人聊了之后，海蒂心里感觉舒服多了，但是在海蒂心里仍然有一件事，就是她早意识到了，她不能想走就走，想回家就回家。想家这件事她也不能告诉任何一个人，如果说出来就会有人说她不懂感恩。现在，她见到了这位和蔼可亲的夫人，她想对夫人说出自己的心事，但她又害怕夫人听了会大发雷霆。于是她把这件事埋在了心里，默默承受着。

西西曼夫人真是火眼金睛，海蒂的不快乐全都看在了眼里。吃完饭后她把海蒂叫到了屋里，亲切地问她："饭菜不好吃吗？为什么吃得那么少？"海蒂摇摇头。

"那是怎么了？"

"我……我……"话就在嘴边，可海蒂害怕自己说出来后会失去这位和蔼的奶奶，"我不能告诉您。"这是海蒂给老夫人最后的答案。老夫人看出了海蒂很为难，她很想帮助海蒂，但是又不能强迫海蒂。

"好吧，孩子你可以不把你的心事告诉别人，但你可以告诉上帝，上帝可以帮你解决一切问题。你每天可以向上帝祈祷，这样你的心事就一定会实现了。你有没有祈祷过呀？"老夫人给海蒂想着办法。

"没有，我从来没有祈祷过。"海蒂觉得这个办法真好，她下定决心一定要天天向上帝祈祷，希望上帝能听到她的呼唤。

海蒂想赶快回到自己的屋里，去向上帝诉说她的心事，她跑到门口突然停下来，问老夫人："我什么都可以对上帝说吗？"

老夫人笑着点点头："什么都可以，你心里想什么就告诉他什么。"

海蒂飞快地回到自己的房间，坐在小板凳上，双手并拢，把她的心里话全都告诉了上帝，其实她最想告诉上帝的是：她想让上帝把她带回到爷爷身边，和羊群生活在一起。

那天之后，大约一周多，突然有一天，家庭教师急急忙忙地求见西西曼夫人，西西曼夫人见到侃德多先生后还是那么有礼："见到您很高兴。请问您有什么事吗？"

侃德多先生控制不了自己的情绪："我觉得这实在是太神奇了，怎么可能呢？这简直太奇妙了……"

"是海蒂学会识字了吗？"西西曼夫人直接问道。

侃德多先生看到西西曼夫人猜出了答案，就什么也不说了。

这真是一个振奋人心的消息，西西曼夫人也感到十分惊奇，她很想马上证明一下侃德多先生说的事实。当她走进书房，她看见海蒂正在给克拉拉讲故事，而且讲的正是西西曼夫人给她的那本书。

在吃饭的时候，西西曼夫人把一本更好的书放在了海蒂的面前："她归你了，你以后要读它，而且每天晚上要讲给我听。"

海蒂开始对读书充满了兴趣，她在给老夫人讲故事的时候，老夫人也会告诉她很多有趣的事。虽然她整天沉浸在读书的快乐之中，但回家的事依然挂念在她心中。

第十二章　不是真正的快乐

每当克拉拉午休的时候，西西曼夫人都会把海蒂叫到身边，给她找一些事情，让她有事可做，好开心快乐起来。现在的海蒂最喜欢读书了，她认了许多字，能给奶奶讲好多好多的故事。海蒂讲得绘声绘色，而且总能把自己放在故事中，觉得故事中的主人公就是她自己。她越大声地朗读，就越觉得故事有趣。老夫人那里还有很多洋娃娃，老夫人还教海蒂给这些娃娃们做衣服、做裙子，海蒂非常聪明，没教几次，她就能自己缝纫衣服了。

然而，海蒂并非真正的快乐，她的快乐并不是发自内心的。

时间过得飞快，西西曼夫人还有大约一周的时间就要离开这里了，老夫人看着海蒂不由得担心起来。有一天，在克拉拉午休的时候，老夫人把海蒂叫到身边。小海蒂还和往常一样，夹着她那本心爱的书，走进了老夫人的房间。老夫人用她最温和的语气对海蒂说：“你还是那么不快乐，告诉我，还是因为那件事吗？”老夫人也不知道到底是什么事情，只是想问问她现在不开心的原因是不是和从前一样。

海蒂点了点头。

“你和上帝说了么？他听到后一定会帮助你的。”老夫人安慰她。

“说了，但是没有用。”海蒂一脸失望。

“你每天都在祈祷吗？”老夫人忙追问道。

“没有，我早就不祈祷了，以后我也不会祈祷了。”

“你在说什么，为什么不祈祷了？”老夫人有些激动地说。

“没有用的，我每天都对上帝说，可是到现在他也没有帮助我。他根本听不到我的祈祷，他太忙了，他只能帮助一些人，帮不了所有的人。”海蒂这样说道。

老夫人又恢复了温和的语气，对海蒂说：“你要坚持，要每天都和上帝说你的心事，上帝什么都可以听到，他和人类不同，他能听到每个人的请求。”海蒂沉默不语，静静地听老夫人说着。

“什么东西对我们好，上帝比我们清楚，他会保护我们，而且，我们想要得到上帝的帮助就一定要相信他，一定要真心实意地说出真心话。”说到这里海蒂点了点头，仿佛她已经知道自己该怎么做了。

“不要放弃神，不要对上帝失去信心，他会帮助你的。”老夫人语重心长地对海蒂说。

听完了老夫人的话，海蒂有些惭愧：“我这就去告诉上帝我的痛苦，我还要请求他的原谅。”说完海蒂就回自己的房间去了。回到房间里她坐在小板凳上，闭上双眼，默默地、虔诚地祈祷起来。

这一天还是来临了，西西曼夫人要离开这里，回她的家——霍尔斯坦去了。老夫人很清楚，她这一走，最难受的应该就是克拉拉和海蒂，所以她早有安排。她走的那天，西西曼家和她来的时候一样热闹。但是当奶奶真正离开时，他们每个人心中都觉得少了点什么。

但日子还是要过。第二天课后，海蒂和奶奶在的时候一样，坐在克拉拉身边，为克拉拉讲书中有趣的故事。但是讲着讲着，她突然放声大哭起来，克拉拉慌了，完全不知所措。海蒂哭了几声之后大声叫嚷起来：“婆婆死了，她死了，她还没有吃上我给她的面包呢……”克拉拉连忙抓起海蒂的小手，想要安慰她。可是海蒂根本听不进去，哭得一声比一声大。

过了好一会儿，海蒂的哭声终于小了下来。克拉拉拉着海蒂的小手，说："别难过，书里写的婆婆不是阿尔姆山上的婆婆，她是别的地方的。"克拉拉越说海蒂反而哭得越厉害。

门外的罗特迈尔小姐再也不能忍了，西西曼夫人在的时候，那么偏袒她，现在夫人终于走了，她不能再让海蒂这样放肆下去。她用力把门推开，不耐烦地对海蒂说："闭上你的嘴，你要是再这样哭，你就再也见不到你的书了！"

海蒂听到这些话，立刻安静了下来。她非常害怕她的书会被罗特迈尔小姐拿走，虽然她的哭声停止了，但脸色仍十分难看。在以后读书的时候，即便遇到再伤心的故事她也会把哭声埋在心里，但脸上的表情甚至让克拉拉感到害怕。

西西曼家的日子照常进行，可是海蒂的伤心与日俱增。她总在晚上埋头无声地哭泣，到了白天还要强迫自己开心。她不知道山的那边是什么景象，更不知道她在这里度过了多少个春夏秋冬，过去的美好时光都成了海蒂美好的回忆，海蒂不知道自己还能在这里坚持多久。

第十三章　出事了

罗特迈尔小姐最近的一些行为引起了大家的注意。过去她走起路来趾高气扬，腰板直挺挺的，可是这几天，她走路的时候总是轻声慢步，像是在思索什么事情。而且她的胆子好像也变小了许多，空旷的客厅、陈旧的陈列室、楼下的回音大厅，就连她自己的起居室她都不敢去了。如果有事必须去的话，罗特迈尔小姐一定会把蒂内特叫上。蒂内特如果有事要去这些地方，她就会叫上塞巴斯蒂安，塞巴斯蒂安也同样会叫上约翰。他们都有一致的理由：有东西拿不了，需要帮忙。

这大房子里，到底发生了什么?

好几天了，西西曼先生家中的仆人每天早晨起来都发现大门敞开着。前几次的时候，大家都以为是家里来了小偷，可是第二天搜索每个房间的时候，发现没有丢任何东西。他们就想，是不是晚上门没有插好，风把门吹开了。所以他们在晚上的时候就上两个锁。可是早晨起来，门还是开着，这让大宅里的人心里感到十分恐慌。

这件事引起了罗特迈尔小姐的高度重视，她要求仆人塞巴斯蒂安和约翰晚上住到楼下，而且还给他们准备了酒，一是提神，二是壮胆，还让他们一定要查清楚这到底是怎么回事。

到了晚上，他俩一直待在客厅里，把一切装备都放在手边，不论发生什么情况他们都能应对。他们边喝酒边聊天，想象着一会儿会发生什么，他们都觉得什么也不会发生，一开始还有说有笑的，过了一会儿他们就开始犯困，不知不觉两个人就都睡着了。

教堂的钟再次响起，已经是半夜十二点钟了。塞巴斯蒂安突然醒来，发现约翰正在旁边呼呼大睡，他用力摇晃他，可他睡得太熟了，怎么也醒不来。他只好自己起来观察周围的一切，他竖起耳朵，听听外面有没有动静，这里实在是太安静了，连掉一根针都能听得一清二楚。当教堂的钟敲响一点的时候，约翰也终于从梦中醒来了，他一下子站了起来，显然，他还不知道自己睡在客厅里。

“我们出去瞧瞧吧，你在身后跟着我，不要怕！”约

翰边对塞巴斯蒂安说，边点起了蜡烛。

他刚拉开门，一阵猛烈的风就吹灭了他的蜡烛。他快速将门关好，推着塞巴斯蒂安回到了客厅。塞巴斯蒂安一直躲在约翰的身后，他什么也没看见。当烛光再次点亮的时候，塞巴斯蒂安发现约翰的脸白得吓人，他急忙问："怎么了？你看到什么了吗？"

"那门，那门……开得好大好大……"约翰吓得已经说不出话来了，"楼梯上还站着一个穿白衣服的人，她正在上楼，可怕极了，然后，又一下子消失了……"

听完约翰的话，塞巴斯蒂安也开始发抖了。他们什么都不敢说，什么也不敢想，只是静静地坐在一起，直到天亮。

天刚刚亮，塞巴斯蒂安和约翰就向罗特迈尔小姐的房间走去，他们准备汇报昨天晚上所看见的恐怖景象。其实，管家也一晚没有睡，她等着仆人来报告情况。走进屋后，约翰把门关紧，对管家说："昨天有一个穿白衣的人走上了楼梯，一下子就消失了，门也开了……"

罗特迈尔小姐听完后害怕地坐在了凳子上。她立刻拿起笔就给西西曼先生写信，告诉他家里有鬼的消息，希望他能赶回来处理一下。西西曼先生很快回了信，他说他不会为这么一件事就跑回来，如果真的有需要可以让西西曼夫人来。罗特迈尔小姐赶快又给西西曼夫人去信，西西曼夫人则用嘲讽的语气回了信，说这件事她根本没必要过来。

罗特迈尔小姐非常头疼，每天都生活在恐慌之中。她决定把这件事告诉克拉拉，可能这样事情会得到解决。

她快步走进书房，两个孩子正在学习。罗特迈尔说："这几天，每天晚上都会有人把大门打开，然后又突然消失……"

没等她说几句，克拉拉就被吓得尖叫起来。她大声喊叫："我要爸爸，我要爸爸，我害怕，我怕！"

"所以以后我就和克拉拉小姐睡，让蒂内特和海蒂睡吧！"罗特迈尔小姐做出了安排。

海蒂虽然也很害怕，可她想到旁边睡着蒂内特她就更害怕了，于是她说："我不怕，我自己睡就可以。"

从那天起塞巴斯蒂安和约翰就每天在大厅里守着，保护着大宅里的每一个人。但即便是这样，克拉拉也无法心安，自从她听说这样离奇的事情后，她就不停地和罗特迈尔小姐说"要爸爸回来"。无奈之下，罗特迈尔小姐又一次给西西曼先生写信，她写道：闹鬼的事情已经影响到了克拉拉小姐，真心希望您能回来解决此事。

西西曼先生看到信后，非常担心他的宝贝女儿，于是便快马加鞭地赶回了家里。

西西曼先生的敲门声和过去一样，持久有力。但家里的人因为这几天受到了惊吓，听到他第一次敲门时没有一个人敢去开门，因为他们不能确定是谁敲的门，更怕是鬼在敲门。西西曼先生在门外敲了好几次，塞巴斯蒂安才终于确定这是主人回来了，他去打开了门。西西曼先生一进屋迅速就向女儿房间走去，看到女儿的脸色没有他想的那么糟糕，他才终于把心放进了肚子里。

他去餐厅里看见了罗特迈尔小姐，西西曼先生问她："真的有鬼吗？"

"您晚上在大厅里看一看，你就会知道答案了。"罗特迈尔小姐向西西曼先生解释。

"这个家里还从来没有出现过这种事情，今天我倒要看个清楚！"

他回到书房，叫来了他的医生朋友，邀请他晚上也到他家来，和他一起在客厅里见证一下这件奇异的事情。

到了晚上，西西曼先生和医生朋友一起坐在客厅里，吃着点心，喝着酒，他们认为根本就不会有什么事情。他们准备了手枪，必要的时候可以保护他们。如果是有人在恶作剧，他们还可以用手枪来对付凶手，总之一切该做的准备都做好了。

时间一分一秒地过去，客厅的门只留下一个小缝，他们担心"鬼"看到灯光会不出来。他们坐在摇椅上谈笑风生，直到十二点的钟声敲响，他们才意识到自己还有应该做的事。

十二点到一点钟是个漫长的过程，他们两个喝完了酒，聊够了天，可是还是没有看到“鬼”的踪影。

“是不是今天不会来了？”医生有些等不及了。

“再等等，别着急。”西西曼先生说。

就在他们准备要放弃的时候，突然门外有了一点动静。

“你听，是不是有什么声音？”医生突然对西西曼先生说。

西西曼先生好像听到了一些响动，但他不能确定是什么。他竖起耳朵听着外面的动静。声音越来越清晰，是有人在开门，动作很熟练。西西曼先生左手拿起准备好的手枪，右手拿着烛台，医生也紧随其后。他们走到门口，猛地推开门，一道白光照在了一个穿白衣的人身上，医生失声大叫：“啊！”

西西曼先生大声叫道：“你是谁？”

那个影子听到叫声后也短促地尖叫了一声，晕倒在了地上。

大宅中的人都被叫声惊醒了。他们跑到白衣人面前仔细一看，那“鬼”竟然是海蒂！塞巴斯蒂安和蒂内特一起把她抱上了床。第二天早晨当海蒂醒来一看，所有的人都围在她面前，她不知道昨天晚上发生了什么。

“你怎么样？昨天晚上做梦了吗？”医生问她。

“嗯，我每天都会做梦，梦到阿尔姆山的天空好晴朗，晚上的时候满天的星星好漂亮，窗外的杉树哗哗作响，我好想推开小窗看看外面的景象，可是当我推开后看到的都是法兰克福，我也不知道这是为什么……”海蒂说着说着，眼眶里含满了泪水。但她肯定不会放声大哭，因为罗特迈尔小姐在这里。

“你觉得身上有不舒服的地方吗？比如头啊、背啊、胸啊……”

“没有，只有这里不舒服。”她指指自己的心，“好像很重很重。”

“你哭出来吧，哭出来你就能轻松了。”

“不能，我不能哭，罗特迈尔小姐说了，我如果再哭她就会拿走我的书。”海蒂说。

“你如果这样就是不喜欢阿尔姆山。”医生想用这样的方法，让海蒂发泄出来。

“不是的，不是的！”海蒂再也控制不住自己的泪水，“我想我的爷爷，我想回去，我想看看我的羊群！那里真的很美，真的……很美……”

医生和西西曼先生走出了房间，医生说：“这个孩子有梦游症，她只有回到她的家里才可能会治好。明天就让她回去吧，这是我的建议！”医生说完就走了。

海蒂来之前既精神又活泼，如今却生病了，她得回到爷爷的身边，这让西西曼先生十分懊恼，他想了很久，也不知该如何是好。

第十四章　重回阿尔姆山

第二天早晨，西西曼先生很早就起来了，他快速走上楼，用力敲罗特迈尔小姐的门。女管家还在睡梦中，她猛然惊醒，不耐烦地喊道："有什么事吗？"从外面传来了西西曼先生的声音："你快点起来，赶快收拾东西，准备早餐。"

罗特迈尔小姐每天都是六七点起床，可是今天，她看了看表才四点多一点，她的眼睛像粘了胶水似的，怎么也睁不开。因为没睡醒，她心里十分烦躁。她不知道发生了什么，只能摇摇晃晃地从起居室走进了餐厅。

就在罗特迈尔小姐慢慢清醒的过程中，西西曼先生已经走遍了家中的每个楼层，敲开了每个房间，叫醒了每个房间里的人。大宅里的人都还沉浸在闹鬼事件里，当他们听到各种铃声后都吓得发抖，慌慌张张地冲出了房间。罗特迈尔小姐也急忙来到楼下，看见西西曼先生正在一一吩咐着。

“约翰去准备马车，蒂内特去把瑞士女孩叫醒。罗特迈尔小姐，你去把瑞士女孩的东西收拾一下，用一个行李包装好，把她自己的衣服还有克拉拉给她的都装上。塞巴斯蒂安，你去把瑞士女孩的姨妈找来，快去快回。”西西曼先生吩咐完就转头向克拉拉的房间走去了。

大宅里的每个人都以为西西曼先生要正式处理一下家里闹鬼的事情，可这个结果让每个人都摸不着头脑，直到现在，他们也不知道西西曼先生要准备这些是为了什么。特别是罗特迈尔小姐，她本以为主人会告诉他们不要担心害怕，闹鬼的事已经过去了。没想到，主人却给她分配了这么多杂乱繁琐的事情。

克拉拉早被外面的声音吵醒了，一脸困惑地看着父亲走进她的房间。爸爸坐在了床边，告诉她小海蒂生病了，前几天家里闹鬼，就是因为海蒂在夜里梦游。为了治好她的病，现在必须把她送回家去，只有回到家里她才能恢复。克拉拉一听海蒂要走，立刻就要哭起来，她舍不得让海蒂走，要是海蒂走了，她学习的时间又会变得无聊而漫长，而且也就没有人每天给她讲故事了。

但这次她的抗议似乎没有起到任何作用，爸爸已经做好了决定。克拉拉意识到海蒂病情的严重，便向父亲请求道："能不能把海蒂的行李箱拿到这里来。"克拉拉没有忘记对海蒂的承诺。父亲爽快地答应了。

德尔塔姨妈很快被塞巴斯蒂安带来了，她知道，这么早叫她来一定是海蒂出了什么事情。但她还抱着一丝幻想，希望是好事，不要是什么坏消息。

西西曼先生很快地接待了她："您好，德尔塔小姐。我是想告诉你，海蒂现在生病了，不能再生活在这里，否则的话会对她的生命造成危险，她现在必须回家，麻烦你把她送回去吧。"

这消息对德尔塔姨妈来说就就像是个晴天霹雳！她心想，不行，一定不能让海蒂离开，这么好的地方，这么好的机会！

德尔塔姨妈迟疑了几秒钟，连忙说："实在抱歉，西西曼先生，我今天没时间，明天嘛，我也很忙，这几天恐怕都没办法送她回去。"

西西曼先生听出了她的意思，就不想再和德尔塔浪费时间了，便让塞巴斯蒂安把她打发走了。

西西曼先生想了想，对塞巴斯蒂安说："你去送海蒂回去，走到巴萨后下车住一晚。那里我很熟悉，我给你们安排旅馆。”

西西曼先生顿了一下又说：“对了，晚上睡觉的时候你一定要关好门窗，以免海蒂从窗户跑出去。”

“我知道了，您放心吧！”塞巴斯蒂安答应道。

蒂内特负责叫醒海蒂，她到了海蒂的房间，伸进头喊道：“快起床！”

一直以来，海蒂只要看到蒂内特的脸就害怕，所以听到她的命令后就马上穿衣叠被，快步走下了楼，但她并不知道要让她做什么。

很快，仆人们准备好了早餐。海蒂被带进了餐厅，桌子前只坐着西西曼先生。等海蒂坐下后，西西曼先生说：“快吃早餐吧，吃完你就要上路了，路途很远啊！”

“上路？我要去哪里？”海蒂一脸不解地问。

“你要回家了。”西西曼先生告诉海蒂。

这对海蒂来说实在是一个意外，她每天向上帝祈祷的心事今天终于实现了，她甚至无法相信：“真的吗？我可以回家了吗？可以去见爷爷，可以去找婆婆了吗？”

“是的，你快吃饭，明天你就能到家了。”西西曼先生非常平静地对海蒂说。

海蒂怎么还能吃得下东西，她心里翻江倒海，激动得不知所措。她真希望现在就坐在车上。

“我要去看看克拉拉。”海蒂顾不上吃饭就向克拉拉的房间跑去。

“把这些给她带上，让她在路上吃。”西西曼先生指着两个白面包，对塞巴斯蒂安说。

看到海蒂进到自己房间，克拉拉急忙把她招呼到身边说：“你看，我给你整理好了行李箱，里面有一些衣服，还有奶奶留下的这本书，你回去好好看，要把这里的故事读给每一个你身边的人。”克拉拉非常不舍得让海蒂离开，可是爸爸的决定没有人可以改变。

海蒂连连点头。

克拉拉又拎起一个大篮子，海蒂掀开一看，里面满满的都是白面包，看上去新鲜可口。

“这是你要的白面包，你带回去给婆婆吃吧！”

“真的是给我的吗？我真的能带回去了？”海蒂还是不敢相信这是真的，但她心里已经把克拉拉当成了最好的朋友。

海蒂还没有和克拉拉好好道别，就听到西西曼先生在外面喊：“海蒂，马车来了，该走了！”就这样，塞巴斯蒂安给海蒂提着行李箱，海蒂自己挎好篮子，临走的时候，她走到自己的小屋，看看有没有落下什么东西。果然她心爱的红围巾在壁橱里，她把围巾放在篮子上，走出了家门。

这个时候，罗特迈尔小姐还是不肯放过海蒂，她看见红围巾在篮子上，走过去一把将围巾抽下来扔到地上，海蒂要去捡，她大声说："不行，你不能把它带回家！"

海蒂伤心地站在原地，看着站在马车前的西西曼先生。西西曼先生说道："拿上吧，喜欢就捡起来。"

海蒂向西西曼先生投去了感激的目光。

就这样，海蒂准备好了一切，和塞巴斯蒂安一起上路了。

在路上海蒂兴奋得不得了，当她想到马上就可以见到爷爷和婆婆时，更是难以控制她内心的喜悦。可是她又想起了那天读的故事，书中的婆婆去世了。她问塞巴斯蒂安："婆婆真的还在吗？她会不会已经去世了呢？"

塞巴斯蒂安非常肯定地告诉海蒂："没有，她还活着，她还在等着你的白面包呢。"

听到塞巴斯蒂安的回答，海蒂又恢复了刚才的快活，她真希望车能跑得再快些，让她再早一点见到她想见的人。海蒂一直抱着她的篮子，直到第二天早晨，她一抬头，发现火车已经进入了迈恩费尔德小镇，这意味着海蒂离阿尔姆山不远了。

她和塞巴斯蒂安下了火车，海蒂对这片土地充满了热情，可塞巴斯蒂安只想赶快找个人问问去往德尔弗里的路。他觉得这里的事物好奇怪，人也很奇怪。

“我想问一下去德尔弗里最安全的路怎么走？”塞巴斯蒂安问一个正赶着马车的人。

“这里的每一条路都很安全，向那边走，怎么走都可以。”马车上的人边指路边回答。

“我还想把这些行李带到德尔弗里，有什么办法吗？”塞巴斯蒂安又问。

马车上的人看了看，觉得这些行李并不是很重，两个人在一边商量了几句，最后的结果是赶马车的人愿意把海蒂和她的行李带到德尔弗里，到了那里再找一个人陪她上山，这就是说，塞巴斯蒂安可以回家了，不用再和海蒂走这条全是石头的小路，不用再为海蒂拿那个他认为非常沉重的行李了。

海蒂在一旁听着他们的谈话，急忙插了一句：“我自己可以上山。”

“好好，到了那里再说。你们快赶路吧！”塞巴斯蒂安把海蒂抱上了马车。他看着马车远去后，就坐在石阶上等回去的火车。

这个赶马车的人是小镇上的面包师，他这次到这里是来买面粉的。他认识海蒂，也知道所有关于她的事情，而且还认识海蒂的爸爸妈妈。在路上他们聊起了天：

“他们对你不好吗？你怎么回来了？”面包师问。

“不是，是我想爷爷了，西西曼先生让我回来的。他们对我很好。”海蒂回答。

“他们对你好你还要回来，真不知道你是怎么想的，有好日子不过。”面包师很不理解海蒂这样的做法。

“我愿意和爷爷生活在阿尔姆山上，让我在山上住一辈子我都愿意。”海蒂倔强地说。

面包师看话题无法继续，就专心赶起了马车，不再理海蒂了。海蒂透过马车的窗子看着外面越来越熟悉的景色，心中的激动再一次油然而生，最后她干脆把头都伸了出去。窗外的人看到了海蒂，先是一阵惊讶，之后就开始议论起来。

“她怎么回来了？她不是去法兰克福了吗？”

“是被送回来的吧！”

“人家不要她了。”

终于，马车到了阿尔姆山脚下，面包师把海蒂抱下了马车，瞬间，车外的人都围到了马车周围，把路堵了个水泄不通。

海蒂给面包师付了车费，还给了少量的小费。

马车周围的人看到了海蒂的行李箱，都不敢相信海蒂在那里生活得很好。他们还在相互议论：“她是从什么地方回来的呀？”

“她是生活得很好吗？怎么还有行李箱？”

“一定是被……”

听到各种各样的议论，面包师大喊了一声：“她是回来看爷爷的！”众人顿时鸦雀无声。

海蒂费力地从人堆里挤了出去，撒腿往阿尔姆山上跑去。

她只挎着装面包的篮子，把行李放在了山下，准备第二天让爷爷和她一起下来取。

她跑几步，就要停一停，不是因为累，而是因为她对这里的一切既熟悉又陌生，这里的美丽是她做梦也无法见到的。灿烂的阳光又一次洒在她的身上，她都忘记了这是一种什么样的感觉，她好想停下来，好好享受这一切。可她突然想起了要给婆婆吃白面包，她又加快了脚步。没一会儿，她就看见了山坡上那熟悉的小屋子，那就是彼得家。她立刻冲了过去，边跑边大声喊：“婆婆，是我，婆婆，你还好吗？”

婆婆听到这个熟悉的声音，简直不敢相信这就是海蒂。她自言自语道：“是那个孩子吗？是她回来了吗？”

海蒂已经到了家里，“是我，就是我，我回来了，我给你带了白面包。婆婆你摸啊！”海蒂跑到婆婆身边，把白面包一个一个放在了婆婆的腿上。

“这是克拉拉专门送给我的。”海蒂自豪地对奶奶说。

“他们对你好吗？你过得怎么样？”奶奶关切地问道。

“我过得非常好，他们对我也很好。克拉拉是我的好朋友。她给了我很多的衣服，还有这些面包。婆婆你吃吧，你吃了这些面包一定会变得有精神的。”海蒂不停地说，她终于见到了每天思念的婆婆。

这时彼得的妈妈回来了，她看到海蒂后惊讶地说：“你真漂亮！真的是你吗？”

“是吗？她变漂亮了？”奶奶急忙问道。

“是的，一看就知道她过得不错。”布里吉达回答道。

海蒂脱掉了克拉拉给她的裙子，也摘下了她不喜欢的那顶帽子，她对布里吉达说：“这顶帽子送给你，我有我的。”

布里吉达推托说：“你拿回去吧，你以后会需要的。”

“我不喜欢它，爷爷也不会喜欢的。我要带上它爷爷会认不出来我，就算认出来他也会生气的。爷爷不希望我穿成这样，他希望我还是原来的海蒂。”

“我要上山去找爷爷了，他还不知道我回来。婆婆明天我还会再来的。”说完海蒂就跑出了家门，冲上山去。

婆婆还在后面喊着：“你一定要来，一定要来啊！”

这次上山，海蒂一刻都不想停歇，她想尽快看到爷爷，她的脚步越来越快，都快要赶上火车的速度了。没过一会儿，她看见了爷爷的小屋，爷爷和以前一样坐在院子里，嘴里叼着一支烟，在夕阳下显得十分落寞。海蒂立刻冲了上去，紧紧抱住爷爷的脖子，爷爷一下子激动地不知该说什么了。

“爷爷，我回来了，是我啊！”海蒂放开了爷爷，眼睛早已充满了激动的泪花。

第十五章 爷爷也去了教堂

爷爷见到海蒂回来，这个从来不被感动的老头，也流下了难得的泪水。海蒂和爷爷进了房间，爷爷像原来一样给她准备了丰盛的晚餐，有香香的奶酪，有可口的羊奶，海蒂看到羊奶后，一口气喝掉了三碗，真是美味啊！

爷爷看着这个小女孩吃得这么香，脸上露出了久违的笑容。

“啊，真好吃！我感觉一年都没有吃得像今天这样，我喜欢吃这样的饭。”海蒂开心极了。

“你在那里过得不好吗？是不是他们不要你，把你赶出来了？”爷爷担心地问海蒂。

“没有，他们对我很好。是西西曼先生让我回来的，要不我还不能回来呢。爷爷，明天和我下山拿行李吧，我自己拿不了，而且我还要去看婆婆，我答应她了。你陪我

去好不好？”海蒂央求着爷爷。

爷爷想了想说：“好吧，那我们今天早点休息，折腾了一天你也累了。”

就在这时，门外传来了一阵清脆的哨声。海蒂忙跑了出去，原来是“天鹅”和“小熊”回来了，后面当然还跟着海蒂好朋友彼得。彼得看到海蒂后惊讶极了，但脸上还是带着藏不住的高兴。

“真的是你吗？你怎么回来了？你还要走吗？”彼得不知道该说什么，一张口就问了这么多问题。

“嗯，是我，我不会走了，我要和你们一起生活，我太想你们了。”海蒂清清楚楚地告诉彼得。

“这真是太好了，我们又可以一起去山上放羊、唱歌、玩耍了。今天时间不早了，我要先回去了，明天你来看看婆婆吧！”

“我今天已经去看过婆婆了，不过明天我还会过去的，让她等着我。”她和彼得道了别，就跟爷爷走上了阁楼。

海蒂终于见到了自己思念已久的床，她发现爷爷早已经给她铺得整整齐齐了。阁楼上的一切还和原来一样，每件东西看上去都是那么的干净整洁，显然爷爷经常都会打扫。床上还是那厚厚的干草，还是那块结实的麻布。海蒂舒舒服服地躺在床上，没等爷爷离开她就进入了梦乡。在这张床上海蒂再也不会梦游了，窗户就在她的前面，她不用去推开，月光就已经洒落在她的身上，这一晚是她一年以来睡得最好的一觉了。

爷爷站在床前久久没有离开。海蒂和彼得说她再也不会离开的时候，他心里也踏实了许多，他不想让这个孩子再离开他，他的生活中需要海蒂。

第二天早晨，爷爷很早就起床了，他打扫好了屋子，然后爬上阁楼把海蒂叫醒，海蒂很快穿好了衣服。海蒂和爷爷吃了点东西之后，他们就出发了。

到了彼得家门口，海蒂和爷爷分开，海蒂去看婆婆，爷爷到面包师那里去取行李。

“婆婆，我来啦！”海蒂还没有进屋子，声音就先传到了婆婆的耳朵里。婆婆也一直在等着，她正在专心听着门外的动静。

“她来啦，她来啦！”婆婆高兴地合不拢嘴。海蒂已经跑到了婆婆的身边。

“婆婆，您吃白面包了吗？”海蒂问。

“非常好吃，真是美味啊！”婆婆连连称赞道。

旁边的布里吉达小声说：“婆婆不舍得吃，一天应该吃两个面包，可她一顿只吃半个。就这样吃，不到一周也就吃完了。”

海蒂听了不知该怎么办，婆婆忙在一旁解释："没关系，这已经很好了，吃完了白面包再吃过去的黑面包，在我活着的时候能吃上白面包就已经很知足了！"

"我要给克拉拉写信，她一定会帮我的。她一定还会给我很多白面包……"海蒂急忙到处找笔和纸。

"不用了，以后再说，这些还能吃几天，你别忙了，在我身边和我说说话吧。只要能听到你说话我的心情就会好起来，快过来，宝贝！"婆婆想听海蒂讲一讲她在法兰克福的事情。

"好吧，婆婆我在法兰克福过得非常好。那里有一个人和彼得长得很像，我这次回家就是他送我回来的。在那里我和克拉拉每天都要学习，和侃德多先生学A、B、C，我还和克拉拉的奶奶学会了认字。婆婆，我给您念《圣经》上的赞美诗吧！您不是一直想听吗？我现在能认很多字，在法兰克福我每天下午都给克拉拉讲故事听。"

"好，你念吧！"

海蒂取来了圣经。随便翻开了一页，大声地朗读起来：

阳光铺洒，

万丈光芒；

明亮清泉，

镶嵌在山上，

我心腾空飞扬！

婆婆认真听着，心里十分感动。海蒂去了法兰克福学会了不少东西，过去她都没想过她能读赞美诗，可今天她真的做到了，而且读得那么流利，那么富有感情。

“海蒂，把后面的部分再读一遍好吗？”婆婆被这首诗感动了，她希望海蒂不要停下来，永远读下去。

海蒂又读了起来。

大约过了一个小时，海蒂听到有人在敲窗户，她抬头一看是爷爷在叫她。

“婆婆，我要和爷爷一起回家了，今天很开心，明天我还来给您读，以后会每天都给您读。您要好好吃饭，好好休息。”

“你也要好好休息，明天你一定要来，我等着你。”婆婆很不舍得海蒂离去，但是她该回家了，虽然她看不见，但她能感觉到天色已经不早了。

和婆婆告别后，海蒂跟着爷爷向山上走去。

“爷爷，婆婆的白面包只够吃一个星期，怎么办呢？”海蒂自言自语道，“我给克拉拉写信怎么样？可是她给我再多，婆婆也不会吃太久的。要不让彼得去面包师那里买白面包，这是个好主意。”她刚高兴一点，突然又沮丧起来，“买白面包一定会花很多钱的。”

“哦，对了。爷爷，我篮子里有很多钱，那些都是西西曼先生给我的。我用那些钱给婆婆买面包好吗？”海蒂觉得这是个最好的办法。

“你需要用那些钱买点你需要的东西，买个床，买些衣服。”爷爷说。

“不用，这些我都有，不用买了，我就用这些钱给婆婆买面包了。”海蒂现在只想着给婆婆买面包，别的什么都不顾了。

“你自己决定吧，我没有意见。”爷爷尊重海蒂的想法，她想做什么就去做什么，只要她愿意就行。

海蒂突然变得安静了。

“爷爷你知道吗？我每天都在祈祷，上帝对人类真好。他比我们想得都多，他为我们安排好了一切。如果在我第一次祈祷的时候他就让我回家，那我就带不回这么多白面包了，我也不会学会认字，更不会给婆婆念赞美诗了。上帝愿意帮助每个人，他给我们的比我们想要的要多得多。”

“你是怎么知道这些的？”爷爷听到海蒂说出这样的话，心里有些惊讶。

“是克拉拉的奶奶告诉我的，她让我天天祈祷，让我坚持下去，上帝就一定会给我我想要的一切。”

“是啊！”爷爷沉默很久才说话，“每个人都应该相信上帝，如果你放弃了上帝，他就会把你忘记，而且是永远忘记。”爷爷的语气很低沉，海蒂不太懂爷爷在说什么，但她能感觉到爷爷也在希望上帝能帮助自己。

突然，海蒂想起了奶奶给她的那本书上有一个故事，那个故事最应该讲给爷爷听。

“爷爷，回家我给你讲一个故事，你一定要听……”回到家后，爷爷没有马上进屋，而是坐在了外面的长椅上，刚才海蒂的话引起了他很多思考。海蒂忙着从行李箱里找到那本故事书，翻开书坐在爷爷身边：“爷爷，我要给你讲这个故事了。”她富有感情地念道：

“从前有一个男孩，他向他的父亲要了很多钱，说是要出去自己做一些事情。可是，他拿到钱后，什么都不做，没过多久就把全部财产挥霍光了。他没脸再回到父亲身边，为了生存，他只好去农场做工人。他每天在这样的生活中煎熬着，非常希望能回到父亲身边，希望父亲能再给他一次做雇工的机会。有一天，他实在不能忍受了，就回到了父亲的家门口，正巧他的父亲也从家里走了出来……

“爷爷，你知道他的爸爸是怎么做的吗？你觉得他的爸爸会怎么做？”海蒂停下来问爷爷。

“不知道，他的爸爸会不会不要他了。”爷爷猜想着。

“他也是这样以为的，可是，他的父亲在看到他之后，把他紧紧地抱在了怀里，他们两人的眼睛都湿润了，父亲为能再次见到儿子而感到非常满足。父亲吩咐用人给他准备了衣服，和他以前穿的一样，男孩又回到了原来的生活。”

故事讲完了，爷爷一言不发。海蒂知道爷爷在思考问题，就没有去打扰他，她自己捧着这本书，看着书中的图画，她把自己想象成那个男孩，心中涌起幸福的感觉。

这一晚爷爷一夜没睡，他一直坐在海蒂身边，海蒂睡得很甜，小手合拢放在肚子上，她在睡梦中都在祈祷上帝，可能在请求上帝不要再让她离开这里。爷爷看着窗外的月光，看着看着泪水就流出了眼眶，他可能想明白了什么。

第二天清晨，爷爷早早把海蒂叫醒，还说让她穿得漂亮点。海蒂从她的行李箱里翻出一条克拉拉给她的裙子，这是她认为最漂亮的一条裙子。她穿好衣服，跑到楼下，站在楼下的人让她眼前一亮，因为她从来没见过爷爷穿这么正式的礼服。

“爷爷，我们要去做什么？”海蒂不明白爷爷为什么要穿成这样。

“我们要去教堂，今天是周末。”爷爷看上去兴致很高，在海蒂的印象里爷爷从来都没有去过教堂。

海蒂和爷爷很快就动身了，走在路上，爷爷的脸上一直挂着慈祥的笑容，能看出来，今天爷爷的心情非常不错。海蒂更是跑跑跳跳的，她幸福地跟在爷爷周围，这片山在她的点缀下好像也充满了生机和活力。

教堂前的人特别多。他们在门外等了很久，好不容易才进到教堂里找到了一个座位。坐下不久，大家就唱起了赞美诗，爷爷也和大家一起唱起来，海蒂在一旁唱得更起劲。不一会儿，海蒂就觉察到周围的人都在看着她和她爷爷。海蒂还听到大家在议论：

“你们看，那不是阿尔姆大叔吗？他怎么来这里了？”

“是呀，他怎么会来的？”

“他旁边坐的那个小女孩是和他一起生活的那个吗？”

“好奇怪啊……”

听到大家的议论，爷爷和海蒂有点不知所措。就在这时，牧师开始讲道了，刚才议论的人们又将注意力集中到了牧师那里。大家每次都会全神贯注地听牧师讲道，他们觉得听讲道是最大的快乐，这样就可以把他们的心事讲给上帝，上帝就能满足他们的愿望。

牧师讲道结束后，海蒂和爷爷走出了教堂。他们刚走出教堂的门，人们就围在了爷爷和海蒂身边。他们不敢和爷爷说话，只想看看这个奇怪的老人要做什么。爷爷牵着海蒂的小手向牧师家走去，他们的身后一直跟着很多人，直到爷爷进了牧师家，跟着的人才停下脚步。他们在牧师家门口又开始了各种猜测：

“阿尔姆大叔是要回来住吗？”

“可能他没有咱们想得那么坏！”

“他身边的那个孩子连好日子都不过，宁愿和他生活在一起，他肯定对她很好。”

“我听说他对那个孩子特别好，彼得和他的奶奶经常说起来。”

大家都觉得过去误解了爷爷，今天爷爷做的一切都能说明他并不是一个坏人。

爷爷和海蒂走进了牧师的房间，牧师非常平静，他好像早就预料到会有这一天。爷爷上去握住牧师的手，友好地说：“以前是我没有想清楚，我知道这个孩子需要学习。”

牧师什么都没说，脸上露出了微笑，他看着爷爷，鼓励他继续说下去。

“到了冬天我会把海蒂送到学校，我会搬下来住，不让孩子冻着。”

“这样就对了，海蒂很聪明，她一定会学得很快的。你能来做我的邻居我真的太高兴了。”牧师友善地抚摸着海蒂的脑袋，和他们告了别。

爷爷出门后，外面的人都上来和爷爷握手，爷爷看到他们也露出了笑容。有些人对爷爷说：“你能回来我们真的太高兴了。”

有些人还说：“以前是我们不好，你能再回到我们中间真是太好了。”

爷爷和每个人都打了招呼，好不容易才停下来，海蒂凑到爷爷身边，悄悄地说：“爷爷，今天你真帅！”爷爷听了，美美地笑了。

海蒂和爷爷来到了婆婆家，爷爷大声喊道：“婆婆，你的房子又该修修了。”

“是谁啊？你是……阿尔姆大叔吗？真的是你吗？”婆婆不敢相信，这个很久没有下山的老人今天怎么又会来到她家。

“是我。”爷爷把手伸向婆婆，和婆婆握了握手。

“在我活着的日子还能见到你，真是不容易啊！”婆婆感动地说，“过去我做过对不起你的事，你就忘了吧！你能下山来，我们就都会好起来的。”

“是的，但愿上帝能保佑我们。”

这个时候，彼得从外面赶了回来，他看见阿尔姆大叔在他家，又惊又喜。他向爷爷和海蒂打过招呼，就从兜里掏出一封信来，递给了海蒂。海蒂惊叫了一声，她一看信封，就知道这是克拉拉给她写的。大家都在看着她，都想知道信里的内容。海蒂便打开信，大声念了起来。

克拉拉在信里说，自从海蒂走了以后，她的精神状态特别不好。她请求过父亲无数次，想让海蒂再回到她们家，可是都被父亲拒绝了。西西曼先生看到自己的女儿如此难过，就答应她在今年的秋天带她来一趟阿尔姆山，而且她还说奶奶也要一起来，她也很想念海蒂。克拉拉还告诉海蒂，她会定时给婆婆寄来白面包的，她希望能让海蒂更加快乐。

大家听完这封信后，都像是看到了阳光，特别是婆婆，好像眼睛又看到了光明一样。

此时的爷爷心里也充满了幸福，他在想，如果早点下山来该多好啊！

第十六章　旅行前的准备

如果有一位医生在西西曼先生家出入的话，那一定是那个让海蒂回阿尔姆山的好心人。

这些天，这位医生又穿梭在西西曼先生家，今天一早，他就来了三趟。在这秋高气爽日子里，医生的脸上却露出一份无奈和悲伤。入秋以后，医生的白发日益增多，生活并没有报答这位好心人，就在前几个月，他失去了他心爱的女儿，他的妻子早逝，现在连唯一的女儿也失去了，他还怎么能高兴得起来呢？

他再次按响了门铃，塞巴斯蒂安恭敬地为他开了门。

“一切都还好吧？”医生问为他开门的人。

塞巴斯蒂安什么都没有说，只是恭敬地把他领到了书房。塞巴斯蒂安一直对医生十分尊重，原因有两个，一是医生是主人的好朋友；二是这位医生的心肠实在太好了。

医生到了书房，看见西西曼先生正在焦急地等待着他的到来。

“到底能不能让克拉拉上阿尔姆山？她实在是太想去了，你要是不让她去，她一定会很难受的。”西西曼先生开口就说道。

“西西曼先生，我还是那句话，你要好好想一想，克拉拉小姐的病在恶化，如果再这样折腾一次，她很可能会吃不消的。”不难看出，医生这句话已经说了不止一遍了。

“可是，我已经答应了我心爱的女儿。这个梦想是她现在唯一的支柱，现在到了实现梦想的时候，我又拒绝了，我真是不忍心啊！”西西曼先生非常难过，“我不是一个好父亲，我连女儿想要的东西都不能给她。”

“并非如此，西西曼先生你不要自责，这不能怪你。”医生思考了片刻，之后说道：“我想到了一个办法，可以试一试。泡温泉对她的病有好处，我们可以让克拉拉先到拉加兹，在那里泡一段时间温泉，这样她的身体就能恢复一些，然后再让克拉拉上山，你觉得怎么样？”

西西曼先生思考了一会儿，问道：“克拉拉现在的身体是不是很糟？好转的希望还有多少？”

“这个我也说不好，应该不是很大。”医生也不知道说什么好，但是他也不想骗西西曼先生。

看到西西曼先生伤心的表情，医生也想起了他的伤心事。他有些难过地说：“再怎么说你还有个女儿在身边，每次回来她都能和你说说话，吃吃饭。而我……你别难过了，你能这样照顾她，她已经很幸福了……”

西西曼先生知道医生的心里也不好受，就没再说什么，他在房间里走来走去，希望能想到更好的办法。突然，他瞪大眼睛看着医生说：“你去帮克拉拉看看海蒂怎么样？”

“我？我去干什么？”医生困惑地问。

“你家里现在就只有你自己了，你可以上山散散心，顺便帮我女儿把她的祝福带给海蒂，回来后你再把海蒂的生活讲给克拉拉听。就这么决定吧，这也是迫不得已。”

西西曼先生说完，就拉着医生来到克拉拉的房间。

他很想给女儿带去一个好消息，但他觉得还是直接告诉她事实比较好，于是他说：“你现在身体不是很好，等你身体好些了再去看海蒂吧。”听到父亲不让她去看海蒂了，克拉拉的眼泪一下子就流了下来。

西西曼先生拉着女儿的手说：“你别难过，我想了个办法，我让医生先帮你去看看海蒂，等他回来以后，再把海蒂的情况告诉你。你觉得怎么样？”

克拉拉平静了一阵，说："只能这样了，那明天就去。"

医生心想，这也太急了吧！可还没等他说出来，克拉拉就已经先让他回去做准备了，而且克拉拉还告诉他，要等塞巴斯蒂安给他送去包裹才能走，这包裹就是克拉拉给海蒂的祝福。

医生离开后，蒂内特走了进去，她知道小姐一定有事吩咐她。

"准备一盒蛋糕，我要送给海蒂，一定要最新鲜的。"

蒂内特什么都没说，但脸上仍挂着不情愿的表情。

医生离开时，为医生开门的依然是塞巴斯蒂安，他对医生说："希望您也能把我对小小姐的祝福送到。"医生微微一笑，快速离开了西西曼先生家。

克拉拉小姐对蒂内特左呼右唤，一会儿让她拿笔，一会儿让她拿纸，一会儿让她拿吃的，一会儿又让她拿穿的。终于她准备好了所有的东西，一件一件堆到了客厅的大桌子上。

等到罗特迈尔小姐散步回来后，发现眼前有一桌子食物和衣服。她纳闷极了，这时塞巴斯蒂安从她身边走过，说："快点打包，我还要送到医生家去，这是克拉拉小姐送给小小姐的。"罗特迈尔小姐真不知道在她出去的这段时间家里发生了什么，但她知道，这是她的任务。

克拉拉的这堆东西里，有送给海蒂的连帽外套，她觉得冬天海蒂一定能用得到，穿着这件棉衣，她就能暖暖和和地去看婆婆了；里面还有一件给婆婆的披肩，她知道婆婆家里寒风刺骨，有了这个披肩婆婆就不用挨冻了；有一包给彼得的腊肠，她希望能给彼得换换口味，他什么也没吃过，真可怜；还有一包烟叶，是给海蒂爷爷的，爷爷总是坐在屋子外面，有这样香香的烟叶陪伴他会更幸福的。克拉拉想得十分周全，她还给海蒂带了一些小玩意儿，顺便把她的信藏在了里面，她希望能给海蒂一个惊喜。

大约一小时后，塞巴斯蒂安听到了管家的呼唤，出去一看，一个庞大而且不规则的包裹打包好了，他一刻不停地把它送往了医生的家。

第十七章　医生登上阿尔姆山

灿烂的阳光又铺满了整个阿尔姆山。

海蒂还在睡梦中，就听到了外面的杉树呼呼作响，这声音好像在叫她起床。她很快穿好衣服，叠好了被子，走下阁楼。爷爷已经走出了小屋，仰头看着天空，好像在感谢上帝给了他这么美好的景色。

“早上好，爷爷。”海蒂一边喊着，一边在杉树周围蹦跳了几下。当她回到小屋时，爷爷已经在羊圈里给“天鹅”和“小熊”收拾房间了，这是爷爷每天早晨都要做的事情。

等他给羊们梳洗完毕后，门外传来了一声哨响，是彼得带着羊群部队来了。“黄雀”在前面带路，海蒂被那些羊围到了中间，她好久没见到“雪跳跳”了，她试图走过去，可是羊儿好像不想让她离开似的，都不肯让路。

这时彼得过来，把海蒂拉出了羊群，对她说：“今天和我上山去吧！这些羊都想你了。”

“不行，他们要来了。”

“你都等了他们很多天了，不是还有爷爷吗？”

“那也不行，我必须得留下，他们来的时候一定得见到我。”彼得看到海蒂这么坚决，就不再强求了，他使劲吹了一声口哨，赶着羊群上山去了。

送走彼得，海蒂回到屋里和爷爷一起吃早餐。自从海蒂从法兰克福回来以后，现在每次吃完饭后她都会收拾餐具、擦桌子，直到所有的东西都放回原位，她才会去做自己想做的事情。爷爷看到海蒂这样的改变感到非常欣慰。今天海蒂也不例外，吃完早餐，她又开始收拾桌子，爷爷走出了房间，准备在工作室里度过他上午的时光了。

今天窗外的阳光格外灿烂，山上的万物像镀了一层金子一样，闪闪发光。海蒂干完活站在窗前出神地望着山谷，在她眼前的景色，简直就像一个完美世界。

她收拾好一切，正要去看看爷爷在忙活什么，忽然她停下了脚步，尖叫了起来：“爷爷，他们来了，他们来了！”她一个箭步向山下冲去，很快她就跑到了医生面前。

爷爷还以为有什么危险，赶紧从工作室出来，只见海蒂像兔子一样向山下跑去。

“医生，是您吗？我还没来得及感谢您呢！”没等站稳，海蒂就上气不接下气地问。

医生看到海蒂微笑着说：“是我呀，怎么，难道你不认识我了吗？”

“认识认识，我是刚才见到您太激动了，激动得都不敢相信自己的眼睛了。”海蒂边说边用小手遮住了自己的眼睛。

“哈哈哈……那你为什么还要感激我呢？”医生被海蒂逗乐了。

“因为是您让我回到我想回的地方啊！”

“那你就快让我去你想回的地方看看吧！”

医生向前走了几步，可是海蒂并没有走。

“怎么不走呢？”医生问她。

“只有您自己来了吗？克拉拉和奶奶呢？”海蒂问道。

“哦，她们没有来。克拉拉现在身体不太好，等到春天了她和奶奶一定会来的。”医生知道海蒂不希望听到这个消息，但这个事实她迟早是要知道的。

海蒂一言不发，显然她非常失望。过了好一阵，海蒂才终于说道：“好吧！我就再等她一段时间，在阿尔姆山，再长的时间都会过得很快的。医生，我们走吧！我带你去看我的爷爷。”

医生刚才只顾着找路，都没注意周围的一切。此时，在海蒂的带领下，他越往山上走越觉得这座山魅力非凡。慢慢的，他开始有点喜欢这里了。

海蒂还没有上来，爷爷就听到了她的声音：“爷爷，他们这次没有来，但是他们让医生来了，快看，医生来了……”对爷爷来说，医生并不陌生，海蒂给爷爷讲了很多医生的故事。特别是医生让海蒂回家这件事，海蒂就说了好多次，爷爷知道她对医生充满了感激之情。

爷爷给医生准备好了午餐，医生在爷爷的招呼下坐上了餐桌。海蒂还在跑来跑去，原来她是在找餐具。她把橱柜里所有的餐具都拿了出来。

爷爷从厨房端出一壶冒着香气的羊奶，又夹出一大块烤得焦黄的奶酪。今天的午餐比平时增加了一样，玫瑰色的熏肉被切成片，摆在了餐桌上。

爷爷热情地对医生说：“希望您能在我们这里用一次快乐的午餐。”

看得出来，医生非常喜欢这样的午餐，他高兴地说：“一定会的，这是我吃过的最丰盛的午餐了。如果……如果克拉拉来了，她也一定会很有胃口的……”他的声音有些低沉，但他真的很希望克拉拉能够在这里，这里实在太吸引人了。

不一会儿，有人背着一个特别大的包裹从山下走了上来。

“这是我带来的包裹，你快拆开看看吧！”医生对海蒂说。

海蒂在医生的帮助下，一件一件打开包裹。首先打开的是一盒蛋糕，海蒂看到高兴得不得了。“婆婆喝茶的时候可以吃蛋糕了！”之后又是给婆婆的披肩，此时海蒂真是按捺不住了，她叫道：“我现在就要下山送给婆婆，爷爷我现在就要去！”

“你先别急，晚上送医生下山的时候，你再去给婆婆送去，现在我们要把饭吃完。”爷爷说。

在吃饭时，爷爷邀请医生在德尔弗里住下，这样他就可以天天上山来，就能有足够的时间享受这里的清新空气与美好景色。医生愉快地答应了，他觉得阿尔姆山可以解除他的忧伤。

海蒂拆完了所有的礼物，整个下午她都一直很兴奋，她一直跑啊、跳啊，她开心得无法用言语来表达。太阳下山时，爷爷去送医生下山，海蒂则拿着要给婆婆送去的东西，三人一起向山下走去。

婆婆看到礼物连连说道：“他们可真是好人，我太幸运了，在活着的时候能遇到他们，最重要的是我能拥有海蒂这么好的孩子。”彼得的妈妈也高兴得说不出话来，她看着腊肉露出了笑容，终于可以吃到像样的午餐了。看到她们的样子，海蒂心里暖烘烘的，她默默感激着克拉拉，真心希望她能快点好起来。

第十八章　感受阿尔姆山

清晨，朝阳在东方闪烁，医生早早起来，跟着彼得和羊群一起向阿尔姆山走来。上山的路上，彼得一句话都没跟医生说，医生也不想打破这份美丽的宁静。两人边走边欣赏着一路上的景色，一直走到了爷爷的小屋面前。

海蒂和她的两只羊早已在门口等着他们了。彼得和海蒂打招呼，说：“今天你上山吗？”

“去，我要陪着医生一起上山。”海蒂看看了站在彼得身边的医生。

这时，爷爷拿着一个背包走出来，把包挎在彼得的肩上，然后又和医生打了招呼。彼得知道爷爷给他的包里放着他们的午餐，但是他很想知道里面放了什么，因为今天的要比平时的更重一些。

没等彼得看清包里放着什么，海蒂就已经领着医生和羊群上山去了。彼得只好吹响哨子，让羊群向山顶的方向动起来。

在上山的路上，海蒂和医生讲了很多有趣的事情。她讲到了第一次看到火烧云时的惊奇，讲到了第一次看到老鹰时的激动，讲的最多的要数这里的花和草了。他们边走，海蒂边给医生介绍沿途的风景，他们走到一个悬崖边上的时候，海蒂给医生讲了一个惊险的经历，那就是“黄雀”差一点从这里掉下去。

海蒂终于把医生带到了目的地，这里是海蒂最喜欢的地方，因为在这里可以欣赏到山谷的每个地方，山谷的美丽在这里完完全全地展现了出来。医生来到这里，不禁感叹道：“这是自然界的奇迹！”

他到处走动，发现从每个角度看到的山谷都是不一样的。阳光好像在为医生介绍山谷的每个地方，医生看到哪里，阳光就会在那里变幻和闪动着。

海蒂一直没有和彼得说话，彼得有些不高兴，好不容易才把海蒂叫上了山，可是她总跟一个陌生男士聊天，好像把彼得抛到了脑后。彼得一怒之下，跑到了很远的地方，他希望他们再也找不到他。可谁都知道，彼得是舍不得他的羊群的。他刚走了没太久，就担心起了他的羊。彼得回到羊群后，发现海蒂和医生还在聊天，无奈之下，他只好自己躺在阳光下，呼吸着这里的新鲜空气。

医生和海蒂聊了很多，医生向海蒂详细说了克拉拉的病情，海蒂听后十分担心，但她相信克拉拉会没事的，到了春天她一定能上阿尔姆山的。

医生问了海蒂一个问题："这么美的地方，能治愈一颗伤透了的心吗？"

海蒂想了想说："会的，这里的景色是有魔力的，来到这里的人都不会再有烦恼。"

"但现在有个人，他把烦恼带上了山，他非常痛苦，他真的不知道该怎么排解这痛苦。"

"只要他肯讲给上帝听，上帝就会让阿尔姆山把他的悲伤带走的。"海蒂非常诚恳地告诉医生。

"哦，可是……给他带来痛苦和悲伤的正是上帝啊……"

这样的问题海蒂从来没有遇到过，她一时不知该如何回答。过了几分钟，她走到医生身边，说："每当婆婆难过的时候，我就给她读赞美诗，她听了就能快乐起来。我也给您读一首赞美诗，好吗？"

"什么赞美诗？"医生有些好奇。

"那是一些关于光明的诗。婆婆什么也看不见，但是只要她听到那首诗，她的眼前就像有了光亮一样，她就能精神焕发，一下子有了力气。上帝就是这样，他一定会给你你想要的东西，只要你耐心地等待。”海蒂说着说着，眼前不由出现了婆婆的笑容，海蒂也不禁露出了甜美的笑容。

“好，你给我读一首吧，我想听一听是些什么样的诗。”医生说。

于是海蒂拿出《圣经》大声读了起来：

信任他，
他会给你带来一切希望。
他智慧超群，
能将美好送来，
能将恐惧驱散。

读了一会儿，海蒂停了下来，因为她发现医生一言不发，低垂着头，海蒂不确定他是不是睡着了。其实医生并没有睡着，他在仔细地听海蒂读诗。这首诗，医生的妈妈在他很小的时候曾给他读过，时间过去这么久，当他再一次听到时，心中感慨良多，一时间，母亲的形象浮现在他的脑海之中。这时海蒂的声音已经停止了，可是母亲的声音还在医生的头脑中延续着。

当他从这样难得的梦境中醒来后，才发现海蒂正盯着他。

他连忙说："这首诗真好听，以后我想每天都听一遍。"

海蒂用力地点点头，她觉得自己能为医生排解烦恼，也十分开心。

已经到了午餐的时间，医生说自己不是很饿，只想喝点羊奶，海蒂也是一样。于是她跑到彼得身边，用力摇晃躺着睡觉的彼得，彼得没有好气地说："怎么了？"

"你给我和医生挤两碗羊奶，我们不饿，不吃别的了。"

彼得问："你是说，你们不吃背包里的午餐了？"

"是的，你自己吃吧。你快点去挤羊奶吧！"海蒂催促着彼得。

彼得一下子兴奋起来，他很快就把羊奶挤好端到海蒂和医生跟前。然后自己急急忙忙跑到背包前，打开背包后发现，里面有一块很大的熏肉，他从来没见过这么大块的熏肉。一想到这些都是自己的了，他高兴得都不知道该从哪里下嘴。这时，他看见医生正在细细品味着香醇的羊奶，心里不由生起一阵羞愧，刚才他还在怪海蒂，还在心里讨厌医生，现在他们却把这么美味的午餐都留给了他。最后他觉得要先向上帝祈祷一番，他合住双手，诉说了自己心中的不安，然后他放下心，开始享用这顿不寻常的午餐。

太阳快要下山了，海蒂和医生也向山下走去，彼得在后面快活地跟着。在道别的时候，医生依依不舍地拉着海蒂的小手，说明天还会再上山来。

整个秋天，医生每天都会到阿尔姆山上来，在这里，他和爷爷学到了很多的东西。爷爷是山上的“万事通”，不论是植物还是动物，爷爷都能讲出它们的来龙去脉。再加上有了海蒂的陪伴，医生几乎没有时间再去想他的伤心事了，这个秋天医生改变了许多，比他刚来这里的时候多了很多笑容和活力。

天气慢慢变冷，这意味着医生不久后就要离开了。医生临走时，海蒂差一点就跟医生去了法兰克福，她很想去看看克拉拉，但医生怕她到了那里会再生病，医生答应她，到了春天他们会一起来阿尔姆山的。

医生走了，他把烦恼留在了山上，把快乐带回了他的家。

第十九章　冬天来了

冬天，大雪覆盖了整个山谷，彼得费力地推开窗子，用铁锹铲去窗前的积雪，又为自己开辟了一条道路。阿尔姆大叔在山上的时候，冬天也要做这样的事情，可是现在他不用做了，在下第一场雪的时候，他就带着海蒂和两只羊搬到了山下。

德尔弗里有一座很显眼的楼，那是一个打了胜仗的英雄所建造的，这位英雄受不了这个地方的拘束，房子盖好没住多久他就离开了这里。后来，人们确定他已不在人世，他的亲戚就把这个房子给别人住。过了几年，这座房子开始变旧，谁想要住，只要给一点钱就可以。价钱很便宜，但住它的人越来越少，因为这房子实在太破了，已经不能再遮风挡雨，人们住在里面和在外面一样，都得忍受雨雪。阿尔姆大叔在上山之前就一直住在这里，如今他搬下山又回到了老地方。

对于阿尔姆大叔来说，再破的地方他也有办法修好，这是他的本事。刚入秋的时候，他一有时间就会来到这个房子里，看看哪里该修，哪里该补，他希望能在冬天给海蒂一个温暖的房子。

这一天就这样到来了。

爷爷带着小海蒂来到了这个准备了很久的家。进门之后，海蒂还可以清晰地看到外面的街道，因为有一面墙已经坍塌，可以说这是他们的“观景台”。海蒂还在想，这个房子太破了吧，这样真的能扛得住冬天的寒冷吗？爷爷像是看出了她的心思，他牵着海蒂的小手走到了房子的角落，那里有一扇门，打开一看，原来里面还有一间非常大的房间，四周的墙完好无损，一个裂纹都没有。在这个完好的屋子里还有一张舒适的床。

海蒂问爷爷：“我晚上就睡在这里吗？”

“你得睡在火炉旁，这样你就不会冻着了。”

海蒂看到火炉旁边有一个厚厚的草垫，看上去和床一样舒适。但海蒂又皱起了眉头，“天鹅”和“小熊”睡在哪里呢？

爷爷早就想到了这些，他们走出自己的房间，看到这

个大房子的另一个角落有一堆青草，那是爷爷给两只羊准备的食物，自然那里就是它们的家了。这个房子真的太大了，可见，这位英雄在建造它的时候花了不少工夫。除了他们的卧室外，爷爷还修补了另一个房间，海蒂好奇地跑进去，发现这里有很多的瓶瓶罐罐，原来这里是厨房，这真是海蒂见过的最大的厨房了。

除此之外，这栋大房子里还余有很大的空间，海蒂可以在这里自由地奔跑玩耍。海蒂还发现了一个有趣的地方，这座大房子的墙外都是灌木，灌木丛中有许多昆虫，还有壁虎，以后它们就是海蒂的好朋友了。

海蒂非常满意自己的新家，一天后，她就已经对这里十分熟悉了，她邀请彼得第二天就来参观一次。海蒂在自己的新床上睡得很不错，她甚至都没有感到有什么不同，早晨醒来时还以为是睡在山上。

彼得来了之后，海蒂带他参观了房子的每一个角落，也为他介绍了这里所有新奇的事物。这次彼得的到来，也勾起了海蒂对婆婆的思念。她很久没有见到她了，自从入冬以后，大雪就阻挡了她上山的去路，她很希望今天能和彼得一起上山去看看婆婆。

但她的请求被爷爷拒绝了，爷爷说：“现在雪太深，你出去就能把你埋进去，我就再也找不到你了。再等等吧，等雪冻住了，你就能上去了。”

海蒂只好看着彼得离去，自己留在山下陪着爷爷。

海蒂在家里也没待几天，因为她要去上学了。她觉得上学就是一种乐趣，所以不论学什么她都会第一时间学会。海蒂学的东西越来越多，每天都会进步一点点。

可是，自从她上学以来，就从没在学校里见过彼得。这个学校的老师脾气很好，彼得经常旷课，他也不会生气，只是有时会随口一问，过后也就忘了。

在课堂上看不见彼得，但海蒂每天放学的时候都能见到他。

突然有一天，久违的太阳又一次照耀在阿尔姆山上。外面的雪瞬间成了冰块儿，当彼得又准备扫雪的时候，他发现雪已经冻住了。他高兴地欢呼起来：“我要下山，我要去上学！”彼得清楚地知道，只要地上的雪冻住了，海蒂就能上山来看婆婆了。他使劲在地上踩啊、踩啊，他要确保雪是真的冻住了。

之后彼得滑着雪橇一溜烟儿地下山了。等雪橇停下来后，彼得四周环视，他觉得自己好像没来过这个地方。他转身一看，学校已经到了他的身后，他决定今天不去上学了。他花了一个小时，终于走到了海蒂家。

当彼得到时，海蒂已经放学了，她正在和爷爷一起吃午饭。

彼得一进门就高兴地叫起来："雪冻住了！真的冻住了！"

"是吗？我可以去看婆婆了，太好了。"海蒂也兴奋起来。

但是，海蒂的小脸很快就严肃起来，她看着彼得说："你怎么不来上学呢？雪冻住了，你可以滑雪橇来的。"

"我是准备去上学的，可是一下子溜远了。"彼得吐吐舌头。

"你这样是得受罚的。"爷爷严厉地说。

彼得愣了一下，他不明白爷爷为什么这么严肃。

"你让你的羊往前走，它不走你会怎么做？"爷爷问彼得。

"用鞭子抽它们。"

"人也一样，让他做什么他却不去做，也应该挨打。"

彼得明白了爷爷的意思，心里有些惭愧，低着脑袋不说话了。

爷爷很快变得温柔起来："先来跟我们一起吃饭吧！一会儿海蒂和你一起上山，晚上要按时把她送回来。"

彼得一听，马上高兴了起来，海蒂把自己的奶酪分给彼得一些，在彼得吃饭的时候，海蒂已经穿上了克拉拉给她的带帽棉衣。等彼得吃完最后一口，他们就出发了。一路上，海蒂都在鼓励彼得上学去。

到了彼得家，海蒂还像以前一样对着婆婆坐的地方大喊："婆婆，我来了！"可是这次，她在那里没有看见婆婆，婆婆因为身体虚弱，躺在了床上。海蒂来到婆婆的床前，婆婆穿着克拉拉送她的棉披肩，但看上去病怏怏的，海蒂心里难过极了，她很想让婆婆快点好起来。

她知道读赞美诗是让婆婆开心的好办法，可是，她不能每天都来这里啊，等她走了婆婆又该怎么办呢?

第二十章　彼得也能读诗了

听话的彼得，第二天就和海蒂一起坐在了教室里。彼得带了午饭，中午他和其他同学一样，拿出午饭来吃，吃完饭后等待上下午的课程。

就在彼得无所事事的时候，海蒂跑了过来："我有事跟你说。"

彼得看着她："什么事？"

"从明天起你要和我学认字，必须学。"海蒂用命令的口气对彼得说。

"我现在上学就在学这个啊！"彼得有些不明白。

"我知道，我是说你要学得快一点，赶快学会认字，这样你就能读一些东西了。"海蒂说。

"这不太可能，我学了很久了，但还是学不会。"彼得知道学识字对他来说是件比登天还难的事情。

“那是你不自信，你不试一试怎么就知道学不会呢？”海蒂认真地说。

彼得不知该怎么回应海蒂，但他心里还是有一个声音，就是“我学不会”。

海蒂决心已定，她用强硬的口气说道：“我会教你学认字的，你必须在最短的时间内学会，在法兰克福的时候我就学得很快，明天咱们就开始。”

彼得坐在那里一言不发，显然他并没有太大信心。

海蒂继续说服他：“如果你不学，你妈妈就会把你送到法兰克福。在那里，和你差不多大的男孩子，早就开始学习了。他们去的学校要比这里大得多，而且那里的老师也有很多，什么样的都有，如果你什么都学不会，他们就会笑话你，甚至下课还要欺负你。”

海蒂的这几句话可起了不小的作用，彼得听得直冒冷汗。

“你别说了，我明天就学。”彼得害怕地说，他害怕爷爷的鞭子，更怕法兰克福的学校。

第二天，海蒂带来了她学认字时的书，这是克拉拉送给她的，这里的文章很有趣：

ABC都不会，

明天就得上法庭。

DEF必须会，

不然就会有不幸。

……

在这样的恐吓下，彼得不得不认真学认字。海蒂读：“ABC都不会，明天就得上法庭。”

“我才不去法庭呢！”彼得害怕上法庭，便大声对海蒂说。

“不想上法庭，你就得好好学认字。现在就开始了，跟我读，A——B——C——”

彼得没有办法，反复跟海蒂读了十几遍。海蒂要让他学会所有的字母，如果他有意见，海蒂就会有各种惩罚方式，这些惩罚都能吓得彼得浑身冒冷汗，他只好硬着头皮坚持了一天。

彼得已经学会了X、Y，眼看胜利就在前方了，海蒂读出了最后一句课文：“如果Z都读不对，就要去和霍屯人约会。”

“哪有霍屯人？你别想再吓唬我了。我不想学了，你就饶了我吧！”彼得有点不耐烦了，能坚持到现在，真的已经很不容易了，这也是海蒂没有想到的。可是海蒂必须要让他学完，Z已经就是最后一个了，她一定要想办法让彼得学会。

海蒂的脑筋一动，对他说："我是不知道霍屯人在什么地方，但是有人知道啊，爷爷肯定知道，你要是不肯学，我就去问他，让他带你去会一会霍屯人。"

一听到爷爷，彼得就服软了，他打起精神学完了这最后一个字母。

接下来的几天里，海蒂每天都要逼着彼得学习认字，白天他们一起在学校上课，放学后彼得就和海蒂回家学认字，不过晚上可以在爷爷家吃一顿丰盛的晚餐。在海蒂和彼得学习的时候，爷爷就会坐在大厅里看着，嘴角时不时会荡起一阵满意的微笑。

突然有一天，彼得回家后要妈妈赶快给他拿《赞美诗》来，布里吉达有些吃惊，因为彼得长这么大还从来没有碰过这本书，今天他却要拿着这本书给婆婆读诗。

彼得刚开始读的时候还有些磕磕绊绊，可能是有点紧张，也可能还不熟悉，但越读越流利，婆婆听了又惊又喜。等彼得读完后，婆婆激动地拉着彼得的手，问道："你是怎么学会认字的？你上学那么久都没学会，怎么一下子就能读诗了？"婆婆不知道，站在一旁的彼得的妈妈更是高兴得说不出话来。

"是海蒂教我的，而且她还让我每天都给你念几首赞美诗。”彼得回答。

第二天的课正好是阅读课。每一次轮到彼得读课文的时候，老师都会跳过他，让下一位学生读。但这次，彼得主动站了起来，很流畅地读了一个自然段。他读完后，老师惊讶地一句话都说不出来，过了一分钟，老师才说：“是谁教会你认字的？”

“是海蒂。”彼得骄傲地说。

“你这段时间每天都能来上课，这真是奇迹。”

“嗯，是阿尔姆大叔让我来的。”

彼得学会了认字，这可真让老师吃了一惊，但不管怎么说，这的的确确是一件好事情。

第二十一章　远方的朋友

五月，是阿尔姆山积雪融化的季节。雪融化的水，在太阳和柔风的作用下，一点一点渗进了土壤里。转眼间，白雪皑皑的山谷露出了它本来的面貌。花草树木都好像从睡梦中苏醒过来一样，它们正在整理着装，准备迎接又一个生机盎然的春天。这时的太阳公公也会在阿尔姆山多停留一会儿了，它想让山上的白雪快点融化。

整个冬天海蒂和爷爷都没有去过山上的小屋。这一天，他们在和煦的阳光下，带着两只羊回到了他们山上的家。真是亲切啊！还是自己的家舒适、温暖。对于海蒂来说，山上的每个地方她都喜欢，她迫不及待地跑到了杉树丛中，风儿吹过树丛的悦耳声音她很久都没有听到了。听了一会儿杉树的声音，她又快步跑上了阁楼，她的小床还安然无恙地躺在原来的地方。她躺了躺，又在上面跳了跳，高兴地像只小羊一样。海蒂心想，我终于不用再睡在火炉边了，我又能舒舒服服地在我自己的床上睡觉了。

刚回到阿尔姆山上，爷爷第一时间就走进了工作室，熟悉的铁锤的敲打声、锯木头的声音再次传入海蒂的耳中。原来爷爷在做一把椅子，他很快就做好了一把，现在又开始做第二把。

“爷爷，您要做几把椅子呢？”海蒂问。

“你想让我做几把，我就能做几把。”

“要给罗特迈尔小姐做一把吗？她会不会来呢？”海蒂不能确定这个令她害怕的人会不会来，她在心里是希望她不要来的。

“我们不能确定，那就给她准备上一把，如果她来了我们也有椅子让她休息，好让她知道我们也是欢迎她的。”爷爷平静地回答。

海蒂听了默默地想，女管家会来吗？如果她不愿意坐这样的凳子怎么办？这个时候，熟悉的哨声又响了起来。海蒂从工作间跑出去，羊群见到她又快活起来。它们你推我挤，把海蒂从这里挤到了那里。但是彼得很快把它们推开，从羊群后面走到了前面，他看见海蒂后，从自己的背包里拿出一封信。这封信是昨天送来的。

海蒂接过信来一看，就知道这是克拉拉写来的，彼得也知道。

克拉拉在信里说，她们已经准备好到阿尔姆山旅行了，西西曼先生有工作要忙去了巴黎，所以这一次他不会来，但她和奶奶都会去的。她们这两三天就会出发，她特别提到了医生现在总是去她家，给她讲山上发生的一切，他说山上的草郁郁葱葱，山上的野花多姿多彩，山上的鸟儿叽叽喳喳，她真想现在就出现在那里，不过这一天马上就要到来了，她十分期待。最后，她说罗特迈尔小姐不会和她们一起来，可能是塞巴斯蒂安回家说山上的路崎岖不平，还有各种奇形怪状的东西把她吓到了。她不来就不勉强了，让她留着看家也不错。

没等看到最后一个字，海蒂就已经坐立不安了，读完信后，她兴奋地从屋里跑到屋外，嘴里不停地喊："她们要来了，我远方的朋友要来啦！"

第二天，海蒂一起床就跑到了彼得家，婆婆还在那里坐着，海蒂跑到婆婆身边，高兴地告诉婆婆，她法兰克福的朋友就要来阿尔姆山了。可是这个消息对婆婆来说并不是好消息，因为婆婆认为他们来了之后就会把海蒂带走，但婆婆也不想破坏海蒂的好心情，她便对海蒂说："婆婆为你感到高兴，你能不能也让婆婆高兴一下呢？"

海蒂高兴地说："好啊婆婆，我好久没有给您念赞美诗了，您想听哪一首，我就给您念哪一首。"

"我想再听听'上帝保佑我们'这首。"

海蒂对这本书可以说是烂熟于心了，不论婆婆说哪一首，她都能很快找到。她大声地朗读起来。海蒂的声音就像阳光，温暖着婆婆的心。一瞬间，婆婆脸上的痛苦不见了，嘴角露出了微笑。

"这首诗真好听，我听一整年都不会烦。"婆婆开心地笑着说，"海蒂，我们再读一遍，好吗？我想听着这首诗感谢上帝。"

海蒂又为婆婆读了一遍，一直读到天黑，直到她要回家了为止。

在回家的路上，海蒂仰望着天空，无数颗小星星在和她眨着眼睛。她不由自主地停下脚步，仔细地凝视着每一颗星星，那些星星就好像在快乐地玩耍一样。突然，一种喜悦在她心中涌现，她在想，上帝是幸福的，天下有那么多人为他祈祷，天上还有这么多星星陪伴着他；海蒂觉得自己也是幸福的，她每天都能和婆婆分享快乐，回到家中还能和爷爷一起生活，晚上还有上帝在保佑着她。想到这里，她加快了脚步，她知道爷爷还在家里等着她呢。

连续几个早晨都十分晴朗，爷爷感叹道："今年一定是个好年，天气真好啊！”太阳升起来了，小羊倌儿彼得正挥舞着鞭子从山下走来，他接上“天鹅”和“小熊”大步向山上走去。羊儿们你追我赶，它们好像是在玩游戏，也可能是为了躲避彼得的鞭子。最近，彼得的心情看上去不太好，所以羊儿们一看到他就会躲着走。

时间在不经意间，已经到了六月。六月的青春生长得飞快，放眼望去，阿尔姆山已是一片鲜绿，在阳光的照射下显得更加清亮。海蒂起床的时间越来越早，因为起得早就能呼吸到最新鲜的空气。

又是一个晴朗的早晨，海蒂做完了该做的事情，又来到了杉树丛中，这里是她离不开的地方。当她望向山坡下的时候，忽然大声叫了起来：

“是他们，他们来了！”

爷爷听到后，第一时间从工作室走出来，看看到底发生了什么会让海蒂这么兴奋。

爷爷看到了一群陌生人在朝山上走来。一个小女孩坐在轿子上，由两个男人抬着，轿子的后面跟着一匹白马，一位夫人坐在上面，她四处张望，好像对这里充满了好奇。再往后是一个年轻的小伙子，他推着一把轮椅，而且是空的，显然是为他的主人准备的。最后面，跟着的那个人，应该是一个仆人，他背着一个看上去很重的箩筐，箩筐里的东西堆得高高的，感觉马上就要溢出来似的。

“是他们，真的是他们！”海蒂看清楚了，她知道坐在轿子里的就是她盼望了很久的朋友克拉拉。海蒂高兴得不知如何是好，她不停地叫着、喊着、跳着。终于他们走近了，海蒂做的第一件事就是跑上去一下抱住了克拉拉，一直抱了好久都没松开，她太想念克拉拉了。这个时候，西西曼夫人也从马背上下来了，她走到海蒂身边，也给了海蒂一个拥抱。

她们互相问候完，奶奶转头看见爷爷正在看着她们。虽然他们没有见过面，但是从爷爷的微笑里不难看出爷爷对他们的欢迎。

西西曼夫人感叹道：“这里太美了，我根本没想到会有这么美丽的地方。海蒂，你的小脸真红润，你的身体好多了吧？”奶奶又对克拉拉说：“我的宝贝，你觉得这里怎么样？”

克拉拉因为腿的原因，本来就很少出门，所以她从来都没见过这么美丽的景象。但自从海蒂给她讲了阿尔姆山上的一切之后，她对这里充满了期待。如今她上了山，亲眼看到了这里的山脉，感受到了这里的阳光，嗅到了这里的花香，她被这里的一切感动了，她激动得无以言表，只是想在这里多待一会儿，多沉醉一会儿。

“奶奶，我想永远都住在这里。”克拉拉用请求的目光看着奶奶。

这时，爷爷推着轮椅来到克拉拉的轿子跟前。轮椅上铺了好多层毯子，看上去非常舒适。爷爷走上去，慢慢把克拉拉抱到了轮椅上，动作非常熟练。西西曼夫人奇怪地看着阿尔姆大叔，大叔笑了笑说：

“我以前追随的上校是一个四肢瘫痪的人，我照顾了他很久。有些事情只有亲自做过才能做好。”大叔通过目光告诉克拉拉，他有丰富的经验可以照顾好她。

克拉拉听海蒂讲了好多次杉树林，今天她终于看到了。这些杉树就在小屋的后面，隐隐约约还能听到那里的声音，她很想知道在杉树丛中是种什么样的感觉，她看着海蒂感叹道：

“我要是能和你一起到杉树林里该有多好啊！”

海蒂走到轮椅的后面，小心翼翼地推着，就这样一直把克拉拉推到了杉树林中。杉树的树干又粗又大，它们的年龄一定很大了。奶奶也跟上了她们的脚步，看着这些直挺挺的树干，奶奶的眼神中充满了敬意。

在这里停留了一会儿，海蒂又把克拉拉推到了羊圈旁，现在“小熊”和“天鹅”正在山上吃草，所以羊圈里什么都没有。克拉拉有点遗憾，她问奶奶：“我们可以等到它们回来吗？我想见见小羊，我还想见见彼得。”

“你想怎么样都可以，只要你愿意。”奶奶说，只要克拉拉快乐，怎么样都行。

海蒂推着克拉拉走到了花丛中，奶奶也一直跟着她们。

“这里的花好多啊！我真想摘几朵！”克拉拉兴奋极了。

海蒂跑到花丛中，不一会儿就捧着一大束花向克拉拉跑来，海蒂把五颜六色的花铺在克拉拉腿上，花香四溢，而且每一朵花都散发着不同的香气。海蒂对克拉拉说，山上还有更多的花等着她们。

克拉拉急忙问奶奶：“我可以上山吗？我好想到山上走走，那里一定很迷人。”

还没等奶奶同意，海蒂就推着克拉拉的轮椅向山上走去。不用走太远，离小屋不远处就有一片花丛。

在她们四处欣赏花朵的时候，爷爷已经把桌子摆在了小屋前的长椅旁，桌子四周摆好了凳子。晚餐已经准备好了，羊奶还在壶里煮着，奶酪也在铁叉上烤着，阵阵香气飘到了小屋外面。这香气好像在通知海蒂：快回来吧，晚餐马上就要开始了。

海蒂把克拉拉推到小屋前，爷爷也把晚餐摆上了桌。奶奶很喜欢这个露天的餐厅，一抬头就能看见远处的山谷，和煦的威风吹在脸上，凉爽而舒适。杉树林在沙沙作响，就好像在为他们伴奏一样。

这顿饭，克拉拉吃得非常开心。她不禁称赞道：“真是太好吃了，我从来没有吃过这么好吃的东西。”说着她又拿起一块奶酪放在了自己的面包上，可见，这奶酪很符合她的胃口。阿尔姆大叔看见克拉拉吃得这么香，也露出了满意的笑容。

在饭桌上，爷爷和奶奶就像一对好久没见的老朋友，他们相谈甚欢，都在为对方讲着新鲜有趣的事情。

太阳快下山了，奶奶对克拉拉说：“一会儿他们会来接我们，我们该下山了。”

“我还想再看看海蒂住的地方，奶奶，我们晚走一会儿好不好？”克拉拉希望能在这里多待一会儿。

奶奶笑着说：“孩子，你想看什么就去吧，我也对海蒂的家很好奇。”

于是，在爷爷和海蒂的引领下，奶奶和克拉拉走进了小屋。小屋里面整齐有序，一看就知道大叔是一个有条不紊的人。她们又上了阁楼。当看到海蒂的床时，他们有些惊讶。因为她们从没见过这么特别的床。海蒂热情地邀请克拉拉和奶奶躺上去感受一下，爷爷把克拉拉抱到海蒂的床上，克拉拉一躺下就感觉又舒服又新奇，她还说她想在这张床上睡一个晚上。

爷爷听了克拉拉的话说道："我很希望克拉拉能留在这里，我会再做一张新床，我觉得在这里住一段时间，对她的身体一定会有好处的。"

听到大叔的话，克拉拉和海蒂紧紧抱在了一起，她们终于可以一起在阿尔姆山上看星星，一起躺在床上听杉树的声音了。

站在一边的奶奶感激地说："这正是我想说的，但是我害怕麻烦你们，现在你主动提了出来，我们就这样决定吧，我把克拉拉交给你，让她在山上住一段日子，我只希望她能开心快乐。"奶奶和大叔一次又一次握手，对大叔表示了信任和感激。

为了让奶奶放心，大叔想让海蒂的小床更大更舒服一些，他找来了奶奶她们从法兰克福带来的披肩，又抱来几捆干草，再把披肩铺在干草上，床又变厚了许多，爷爷还用手按压干草，确保没有一根干草扎出来。

奶奶满意地走下阁楼，她嘱咐克拉拉每天都要做一些事情，不过，她还不能确定应该让克拉拉在这里住多久。爷爷觉得，克拉拉至少要住上一个月，这样她才能适应山上的环境，才能知道山上的环境是否对她的身体有好处。

海蒂和克拉拉听到爷爷这样说，兴奋得不得了，她们欢呼着，海蒂根本没想到克拉拉能在山上住这么久。

这时来了两个人，他们是来接奶奶下山的。奶奶收拾好东西。克拉拉恋恋不舍地说：“奶奶，你不能住在这里吗？你真的要走吗？”

“放心，我会经常来看你的，你要听爷爷的话，好好享受这里的生活吧！”奶奶叮嘱完克拉拉，转身向白马走去。

爷爷亲自把奶奶扶上马背，然后和两个孩子一起看着奶奶渐渐远去。

刚送走奶奶，就来了一个克拉拉很想见的人，那就是彼得。他带着羊群回来了。“天鹅”和“小熊”看到来了客人，都好奇地向她走来。海蒂把一只只羊都叫了过来，不一会儿她和克拉拉就被羊群团团围住了。可是彼得好像并不开心，他看着坐在轮椅上的克拉拉，眼神中有些怒气。他用力吹了一声口哨，甩着鞭子，赶着羊群下山了。

克拉拉来到阿尔姆山的第一天就这样结束了。晚上她和海蒂躺在爷爷做的小床上，看着窗外的星星，心里充满了无限遐想。这种感觉是克拉拉以前从未有过的，她不知道明天还会发生什么……

在淡淡的干草味中，克拉拉和海蒂一同进入了梦乡。

第二十二章　阿尔姆山上的奇迹

阿尔姆大叔在黎明前醒来，他看着眼前的群山慢慢从睡梦中苏醒。太阳一点一点露出它的脸庞，光芒再次将山谷笼罩，新的一天开始了。

克拉拉被一束新鲜的阳光照醒，她睁开眼睛，一时忘了自己在什么地方。爷爷小心翼翼地从梯子上爬上来，克拉拉看到了身边熟睡着的海蒂，她才想起来，自己是在阿尔姆山上。

“怎么样，睡得还好吗？能习惯吗？”爷爷轻声问克拉拉。

“我从来没有睡得这么香过，这里真是一个好地方。”克拉拉连连点头。

这时，海蒂也睁开了眼睛。外面明媚的阳光照在她的身上，当她看见爷爷正在帮助克拉拉起床，她也迅速穿好衣服，替爷爷照顾克拉拉。准备就绪后，爷爷抱起克拉拉走下了楼梯。

他们走下楼梯后，克拉拉发现自己的轮椅竟然到了屋子里。原来在前一天晚上，爷爷在门的两侧添加了木板，这样，爷爷就能把克拉拉的轮椅推进屋里来了，有了爷爷的精心设计，克拉拉出行也方便多了。

爷爷把克拉拉抱到轮椅上，这时，海蒂也从阁楼上下来了。她从爷爷手中接过克拉拉的轮椅，推着克拉拉来到小屋外的晨光下。这是克拉拉在山上的第一个早晨，她从来没有这么早就呼吸外面的空气，一切对她来说都是那么新鲜、那么美好。当一阵阵轻柔的小风吹拂她的脸颊时，她的心底涌起了一种力量，这种力量会伴随着她整整一天，甚至更久。

看到眼前美丽的山谷，克拉拉更加喜欢这里了。她转过头对海蒂说："我想永远留在这里，和你在一起，和这里的一切在一起。"这自然也是海蒂的愿望，但她什么都没说，只是推着克拉拉看看这里，看看那里。

当她们回到小屋门口时，爷爷端着一碗羊奶走出来，对克拉拉说："孩子，把它喝了吧。"

爷爷也给了海蒂一碗，海蒂一口气就喝完了。克拉拉有些迟疑，因为她从来没喝过羊奶。

“喝吧，很香的。它会让你的身体好起来的。”爷爷说。

“是的，这是从‘天鹅’身上挤出来的，看，它多健壮啊！”海蒂也鼓励着克拉拉。她端起碗，小小地抿了一口。

“好纯正的奶啊！”克拉拉感叹道，接着她大口大口地喝了起来。

“爷爷，还能再给我一碗吗？太好喝了！”克拉拉从来没喝过这么好喝的奶。

爷爷很快又给她端了一碗，克拉拉吃了一顿鲜美的早餐。

随着一声口哨，羊倌彼得来接“天鹅”和“小熊”了。爷爷把彼得拉到一边，对他说：“从今天起，‘天鹅’想去哪儿吃草你就让它去，你别阻止它，但是你得跟着它。它要吃到最新鲜的草，这样它才能挤出优质的羊奶。”

彼得一向很听大叔的话，他没吭一声，赶着羊群向山上走去。在爷爷和彼得谈话的时候，海蒂被羊群围住了。这些羊很久没见海蒂了，都希望她也能一起上山，这也正是彼得所希望的。彼得大声喊：“你跟我一起上山吧！”

“不了，我的好朋友还在家里，她需要我的照顾。”海蒂解释说。

“那你什么时候能上山？”彼得问。

“等克拉拉走了以后吧。”海蒂转身跑回了小屋。

彼得郁闷地抽起鞭子，赶着羊群上山了。

海蒂为她的朋友做了很多安排，以至于她们都不知道该先做哪一件好。但是有一件事很重要，那就是赶快给奶奶写一封信，因为奶奶离开的时候就让她们保证，每天都给她写一封信，这样她就能知道克拉拉在这里快不快乐，还可以随时了解克拉拉的身体状况。

“我们回屋写信吧！”海蒂对克拉拉说。

“我不想回去，外面的阳光多好啊！”克拉拉说。

海蒂很快想出了不回屋也能写信的办法。她从屋里搬出一个三脚凳和一些书本，她用书本来垫着信纸，海蒂则坐在小板凳上，口述她想告诉奶奶的所有事情，克拉拉动笔来写。此时已经是上午了，太阳高高地挂在天边，空气中弥漫着杉树的清香。这一切都被克拉拉写在了信里，她们想着，奶奶看到信后，一定也想上山来的。

信写了一个上午，要不是爷爷端着午饭过来，她们还有没说完的话呢！和昨天一样，她们就坐在小屋外面，在阳光下吃完了午餐。

海蒂和克拉拉还没有改变她们在法兰克福的习惯。在法兰克福，吃完午饭后海蒂就会给克拉拉讲故事听，而来到阿尔姆山上，她们就在杉树林中聊天。海蒂很想知道她走后克拉拉是怎么生活的，克拉拉也很想知道去年冬天海蒂下山后的一切。克拉拉坐在轮椅上，海蒂坐在小板凳上，两人在树荫下不停地聊着。小昆虫们好像听到了她们的谈话，一直在她们身边飞来飞去，一座座山峰在静静地倾听着她们。

傍晚悄悄来临，彼得赶着羊回来了，他早上生的气似乎还没有散去。他走过小屋门口，一言不发，没进屋打招呼就要走。海蒂看见他连忙说："晚安，彼得。"

克拉拉也向他打招呼："晚安，彼得。"

可是彼得连应都不应，带着满脸怒气消失在了山路上。

"天鹅"回来后，爷爷从羊圈里出来，端着两碗刚挤的香甜的羊奶。克拉拉开心地接过羊奶，咕咚咕咚喝了个精光。

"以前我吃东西都觉得发愁，现在我等都等不及了。"克拉拉开心地说。

"我刚来的时候也是这样，现在我要是喝不上这样的羊奶，我就会生病的。我相信，你天天喝羊奶，一定会治好你的病的。"海蒂高兴地说。

爷爷又端了两碗羊奶过来，这次克拉拉比海蒂喝得还快，看到孩子们喝得这么香，爷爷开心地笑了。

爷爷希望克拉拉能在山上吃饱吃好，下午海蒂陪克拉拉聊天的时候，爷爷下山去了一趟梅恩萨斯。那里有一家专门制作黄油的店，他买了一块美味香甜的黄油。晚上海蒂和克拉拉喝完羊奶，爷爷给了她们一块涂满黄油的面包，两个人顾不上说话，大口大口地将面包吞了下去。

晚上，当克拉拉再一次躺在床上时，她很快就睡着了，她没有再看星星，因为她知道，以后每晚都能看到星星，今天她有点累了。

一天天过去了，克拉拉对阿尔姆山的喜爱与日剧增。

有一天，她们收到了一份超级大的礼物，她的奶奶让人给她送来了两张床。每张床都准备得很齐全，洁白的床单，崭新的被褥，什么都有。他们还交给了克拉拉一封奶奶写的信，奶奶在信中建议海蒂，冬天的时候把一张床搬到德尔弗里，一张床留在山上的小屋，这样海蒂就能每天都睡在舒适的床上了。奶奶还说看到两个孩子的信很开心，希望她们能天天给她写信。

爷爷走上阁楼，把干草移开，让送货的两个男人把床搬了上去，然后又把两张床并起来。这个位置是看星星的最佳地点，爷爷知道她们俩都喜欢一睁眼就能看到星星。

和奶奶的联系从来没有中断过，克拉拉每天都有说不完的感受，尤其是爷爷对她的精心照顾，她都不知该如何跟奶奶描述。奶奶从信中了解到克拉拉在山上的每一天都是快乐的，爷爷和奶奶的心愿也正是如此。

爷爷早就嘱咐过彼得，让他给“天鹅”找最好的草吃。但爷爷觉得不放心，他要亲自做这件事。他每天上山打一些草，这些草都在很高很高的山顶上，散发着清香的气味。爷爷把这些草都留给了“天鹅”，他要让“天鹅”精力十足，这样才能挤出新鲜美味的羊奶。

克拉拉在这里喝了三个星期羊奶了。一天早晨，爷爷和往常一样把克拉拉抱到了轮椅上，克拉拉坐下后以为爷爷要推她出去，但爷爷并没有动，而是轻轻地对克拉拉说：“你试一试，看能不能站起来。”

爷爷扶着克拉拉，克拉拉战战兢兢地试着站了一下，当爷爷的手松开时，她又重重地坐回到轮椅上。

克拉拉颤抖着说：“好疼，好疼……”

从这以后，爷爷每天都会鼓励克拉拉站一小会儿，她每天都能多坚持一秒钟。

晴朗的天气一天天持续着。海蒂总在克拉拉的耳边说：“山上的景色更美，我特别想带你到斜坡那里，那里有各种各样的花朵，五颜六色的，漂亮极了。”

“我也好想去啊！”听了海蒂的描述，克拉拉想马上去那里感受一番。

“我去问问爷爷。”海蒂说。

当海蒂欢快地向克拉拉跑来时，克拉拉知道，一定是爷爷同意了。晚上彼得下山时，海蒂高兴地对他说：“明天我们能和你一起上山了。”

彼得并没有表现出多开心，海蒂的话反而让他更加生气。他甩起鞭子用力向羊儿挥去。

这个晚上克拉拉和海蒂聊了很久，她们躺在漂亮的床上，兴奋地商量着明天上山的计划。

第二天早晨，海蒂和克拉拉起得格外早。当她们起来时看到爷爷已经站到了小屋前，他把轮椅推了出去，准备一会儿用轮椅把克拉拉推上山。

天气好得让人神清气爽，蓝蓝的天上几朵白云，微微的细风在树枝间吹动。黎明刚过，山谷中一片生机盎然的绿色。

彼得按照惯例又出现在了小屋前。这几个星期，他每天来都能看到那个不会走路的陌生人，也正是因为她来到了这里，海蒂就再也没有上过山。彼得很不高兴，他的心快要被嫉妒烧着了。今天海蒂虽然要上山，但是还要带着那个陌生人，这不由得让彼得想起了医生来时，海蒂上山后一句话都不和彼得说。今天上山后，一定还会是这样。

彼得走到轮椅旁，突然一个念头从他脑中闪过，他发现周围一个人没有，就把手伸向轮椅，用力一推，轮椅立即像一块石头一样滚下了山坡。彼得心里一阵不安，他飞快向山下跑去，想找个地方躲起来，他怕阿尔姆大叔会看到他的所作所为。他躲到一棵大树后面，从树枝的缝隙中看到那个轮椅还在滚落，直到碰在一块巨大的石头上，被撞得散了架。

在彼得眼中，轮椅就是他的“敌人”，当他看到“敌人”摔坏时，他高兴地欢呼起来。他知道，克拉拉没了轮椅，她就什么都干不了，她只能回家，至少今天是不能和海蒂上山了。

恐惧一时从彼得的头脑中消失了，他忘记了他的行为是错误的，他忘记了如果他不承认错误，他会遭到惩罚的。

爷爷抱着克拉拉从屋里走出来，发现刚才放在屋外的轮椅不见了。

爷爷大声喊道：“海蒂，你把轮椅推走了吗？”

海蒂从工作间跑出来，说，“没有啊，我正在找轮椅呢，怎么哪里都找不见？”这时一阵大风吹来，把工作间的门关上了。

海蒂的眼睛一转，说道：“爷爷，一定是风，这么大的风，轮椅会不会被吹到山下去了。我们下山把轮椅推上来吧！”

“要是吹到了山下，轮椅肯定就摔坏了。”爷爷边说边看了看通往山下的路，心想轮椅不会那么容易被风吹走的。

“没了轮椅我哪儿也去不了了。那我今天还能上山吗？”克拉拉担心地看着爷爷。

海蒂走过来安慰克拉拉，她也不知道该怎么办。

爷爷对两个孩子说：“今天上山的计划不会取消，我们先吃早餐吧！”

爷爷挤出两碗羊奶，然后又从屋子里拿出了一块厚厚的毯子，他把毯子铺在地上，让克拉拉坐在上面。

彼得迟迟没有来，爷爷觉得很奇怪。他不想再等彼得了，就一手抱起克拉拉，一手拿起毯子，大声说：“走吧，我们出发！”

海蒂兴奋地跟在爷爷后面，还带着“天鹅”和“小熊”，他们一起向山上走去。

眼前是一片郁郁葱葱的草地，草绿得发亮。成群结队的羊儿们快活地吃着青草，彼得正舒服地躺在阳光下。

爷爷走过去严厉地说道：“如果你再做这样的事情，我就让你好看！”

彼得腾地从草地上站起来，瞪着爷爷。

“你没有看到轮椅吗？”爷爷继续问他。

“什么轮椅？”彼得在装糊涂，他知道如果他承认了，大叔肯定会打断他的腿的。

大叔没有追问，他铺好了毯子，把克拉拉放上去，问她：“舒服吗？”

“嗯，非常舒服，比坐轮椅还舒服。”克拉拉开心地欣赏着这里的一切。她环顾四周，生怕自己错过一点风景。

爷爷临走时叮嘱海蒂，该吃饭的时候就把午饭拿出来吃，想喝羊奶就让彼得去挤，晚上的时候爷爷会上来接她们回家，她们可以尽情地在山上玩一天。他现在要去看看轮椅到底是怎么回事。

克拉拉坐在花丛中，这里的一切都美极了，她简直不敢相信自己的眼睛。天空蓝得让人惊讶，高山上的冰雪折射出耀眼的光芒，仰望天空，老鹰也来和这位陌生的朋友打招呼，它的叫声响彻山谷。山羊们不断来到克拉拉身边，尤其是“雪跳跳”，它们都希望能给克拉拉带去快乐。一个上午，克拉拉就认识了所有的羊，她发现每只羊都有独一无二的特点。

海蒂很想去看看远处的花是不是开了，如果开了，她希望晚上的时候爷爷能带克拉拉去看一看。

她对克拉拉说：“你能自己待一会儿吗？我想去看看那边的花开了没有，你不会生气吧？”克拉拉表示没问题，海蒂把“雪跳跳”牵到了克拉拉身边。她递给克拉拉一把新鲜的青草，说：“让它陪着你吧。”

“雪跳跳”好像明白了海蒂的意思，乖乖地躺在了克拉拉的身边。克拉拉很喜欢这只羊，她拿着青草喂它，一边用手抚摸着它雪白的毛。

海蒂飞快地向山的另一边跑去。克拉拉喂着小羊，从“雪跳跳”的眼神中她看到了一种强烈的信任。她感觉到，这是一只无助的小羊，它把克拉拉的怀抱当成了一个避风港。克拉拉觉得自己能给羊儿带去温暖。她多希望自己能站起来，不论去哪里都不需要别人帮忙。她幻想着，幻想自己能去帮助别人，幻想这样美好的生活能永远持续下去。她紧紧抱住“雪跳跳”的脖子，好想永远都不离开这里。

海蒂跑进了花丛中，这片山坡的花朵全都开了，香气扑鼻，海蒂兴奋地叫了起来。她看到了明亮的半日花，看到了浓密的蓝铃草，还看到了叫不上名字的褐色花朵。她陶醉在花海之中，但她很快就跑了回去，她要把这一切都告诉克拉拉。

海蒂边跑边欢呼着：“那里才是花的世界，实在是太美了！我带你去吧，我可以的。”说着，海蒂把手伸向了克拉拉，想要把克拉拉抱起来，但她当然抱不动克拉拉。

“不行，肯定不行。”克拉拉摇着头。

海蒂转了转头，看到彼得还在不远处躺着。他以为他把轮椅推下山，那个陌生人就不能上山了，没想到她还是上来了。而且海蒂还一直坐在她身边，一句话都没跟自己说。彼得心里很不高兴。

“彼得，快过来！”海蒂冲他大喊道。

彼得装作没听见，躺在那里没有动。

“快点啊！我需要你的帮助！”海蒂继续喊着。

彼得还是一声不吭。

“你要再不过来，我就告诉爷爷啦！”海蒂怒气冲冲对彼得说。

这次可把彼得吓到了，于是他很快跑了过来。

海蒂告诉他怎么做，他们两个人扶着克拉拉的胳膊，用力把克拉拉搀了起来。海蒂让克拉拉靠在彼得的肩上，然后海蒂扶着她慢慢往前走。

开始的时候，克拉拉每走一步都会叫一声，看上去很痛苦。但是海蒂一直在鼓励她，让她坚持。克拉拉勇敢地迈着步子，大约走了十步以后，克拉拉发现疼痛好像减轻了，而且步子走得越来越稳，她真的做到了。

“海蒂，你看，你快看，我能走路了！”克拉拉不敢相信地惊呼道。

“真的，爷爷看见了一定会很高兴的！”看到这样的奇迹，海蒂也兴奋不已。

克拉拉最大的心愿就是想让自己站起来，她不想每天做任何事情都让别人来帮忙。现在这个愿望终于实现了，这真是个奇迹！两个孩子一起走到了花丛中坐下来，欣赏着这美丽的景色。半日花、报春花，所有的花都散发着迷人的芬芳。两个女孩依偎着坐在一起，就像一副完美的画卷。

到了吃午饭的时间，海蒂拿出爷爷为她们准备的午餐，把食物分成三份，分给克拉拉和彼得。爷爷准备的午餐很充足，海蒂和克拉拉根本吃不完，她们把剩下的都给了彼得。不过今天彼得并没有因此而感到兴奋，他吃得很慢，看上去一副心事重重的样子。

傍晚，爷爷从山下上来了。海蒂看到后，飞一般地跑到爷爷面前，激动地说着发生在克拉拉身上的奇迹。

“你真的可以了吗？这是真的吗？”爷爷也觉得不可思议。

克拉拉让爷爷把自己从地上抱起来，克拉拉在爷爷的搀扶下，艰难地走了几步。海蒂再次欢呼起来，爷爷也发自内心地感到高兴。

走了几步，爷爷担心克拉拉吃不消，就说道：“好了孩子，你今天已经进步很多了，现在早点回去休息吧。”

爷爷抱起克拉拉，领着海蒂下山回家了。

晚上彼得下山的时候，看见一群人正围着他早上推下山的轮椅议论纷纷：“谁弄坏的轮椅，谁就没有好下场！”大家的话让彼得的良心备受煎熬。他再也忍不住了，一口气跑回家里，上床用被子捂住了自己，连晚饭都没有吃。

这一天太累了，海蒂和克拉拉被爷爷直接送上了阁楼。她们躺在自己的小床上，望着窗外的月亮。

“你觉得上帝好吗？”海蒂问克拉拉。

“我不知道。”克拉拉说。

“上帝知道我们每个人想要什么，他会为我们选择对我们最有好处的东西。”海蒂说。

克拉拉好奇地问海蒂：“你是怎么知道这些的？”

“这是奶奶告诉我的，后来发生的很多事，让我明白这是对的。我今天要感谢上帝，因为它帮我完成了我的心愿，你能走路了。”

两个孩子躺在床上，闭着眼睛，默默地祈祷着。不知不觉，她们都睡着了，在梦里她们还在继续祈祷着……

第二天，她们又给奶奶写信。爷爷以为她们要把克拉拉能走路的事情告诉奶奶，可是海蒂和克拉拉有自己的计划。她们准备先不告诉奶奶，等奶奶一周后再上山来时，让她亲眼看一看，这样的话，克拉拉就能在这里多住几天了。

在接下来的一周里，克拉拉每天都练习走路，海蒂始终陪在她身边，她们的笑声不断萦绕在小屋的周围。

第二十三章 别了，阿尔姆山

奶奶在上阿尔姆山之前，给海蒂和克拉拉写了一封信，告诉两个孩子自己上山的准确时间。到了那一天，两个女孩早早就起了床，兴奋地等待奶奶的到来。

彼得赶着羊群来了，这次他连哨子都没吹。没等海蒂跟他打招呼，他就带着两只山羊往山上走去。

海蒂看到这样的彼得觉得很奇怪，就问爷爷："爷爷，彼得这是怎么了？"

爷爷一脸严肃地回答："他可能是做了什么亏心事吧。"

彼得一口气跑到了半山坡，可是心还在怦怦地跳个不停。他觉得好像有警察在身后追赶他，他必须得坦白一切。

克拉拉最喜欢和海蒂一起做大扫除了，海蒂也觉得在

奶奶来之前应该把屋子打扫一下。两个人分好工，一起装扮起这个温馨的小屋。

很快就到了奶奶要来的时间，爷爷先从山上下来了。他抱着一大束鲜花，这些花又娇艳又鲜嫩，看一眼就能让人心情愉悦。海蒂把花摆在屋子里，隔一小会儿就跑去外面看一眼，生怕错过了奶奶到来的时刻。

终于，海蒂看到一个队伍正在缓缓地向山上走来。前面是向导，后面跟着一匹白马，上面坐着的正是奶奶。还有一个仆人跟在后面，他背上的箩筐非常之大，不用说又是装满了各种奶奶带来的礼物。

奶奶走到小屋跟前，她看到眼前站着的克拉拉，突然愣住了。她下了马，拉住克拉拉的手说："这是怎么回事？轮椅呢？"

海蒂和克拉拉开心地笑着，奶奶摸了摸克拉拉的腿，不敢相信地问克拉拉："这是真的吗？你真的能站起来了？"

"是的，克拉拉能走路了，她再也不用轮椅了！"海蒂在一旁欢快地喊道，而克拉拉早已热泪盈眶。

奶奶惊呼着紧紧地抱住克拉拉，又转身抱了抱海蒂，然后又紧紧地抱住克拉拉，过了很久都没有放开。

等奶奶平复了心情，她拉起克拉拉的手向阿尔姆大叔走去。大叔正坐在长椅上抽着烟卷，他看着兴奋不已的三个人，满脸都是笑容。

奶奶一把握住了大叔的手，激动地说：“谢谢你……你就是克拉拉的恩人……”

大叔笑着说：“不，不，克拉拉的恩人应该是上帝，还有阿尔姆山上的一切。”

克拉拉在一旁补充道：“‘天鹅’的奶水也帮助了我很多，我还从来没有喝过这么好喝的奶呢。”

奶奶点点头说：“现在我们的克拉拉是最健壮的孩子，而且你还长高了好多呢！哦，对了，我应该马上把这个消息告诉你爸爸，他一定会高兴坏的。大叔，我怎么才能发电报，我要把这儿的好消息告诉我在巴黎的儿子。刚才送我的那两个人是不是已经下山了？”

大叔说：“不用着急，你先在纸上写好，一会儿就会有人来帮我们送下山了。”

爷爷说完，响亮地吹了一声口哨。不一会儿，就有一个身影从山上飞快地跑了下来，那人就是彼得。彼得以为大叔要找他算账呢，原来是让他下山送电报，知道后他终于松了一口气。

彼得走后，大家围坐在小屋里，海蒂和克拉拉开始给奶奶讲述克拉拉学走路的过程。当克拉拉说到爷爷第一次让她站起来的时候，奶奶心疼地问孙女："疼不疼啊？"克拉拉摇摇头，继续说爷爷是怎么鼓励她，让她一步一步坚持下来的。

奶奶听了内心十分感动，海蒂在一旁也快乐得只知道傻笑了。

就在这一天，远在巴黎的西西曼先生忙完了他的工作，准备动身返回法兰克福，但是他太思念自己的女儿了，于是他决定先到拉加兹，然后再寻找到阿尔姆山的路。

经过一路颠簸，西西曼先生终于来到阿尔姆山的脚下。他想找个人问问上山的路，可是周围连一个人影都没有。他倚靠在一棵树上休息，好让自己恢复一些体力。

就在这时，彼得从山上匆匆跑了下来。突然他听到身后有人在叫他，他觉得一定是警察来抓他了，他撒腿就跑，连头也不敢抬，他不想让那个人看到他的样子。

彼得一直跑到一个土堆后面，害怕得浑身发抖。西西曼先生追上彼得，从背后轻轻拍了他一下，彼得吓得差点跳起来。

"孩子，能告诉我阿尔姆的小屋怎么走吗？"西西曼先生心平气和地问。

彼得紧张得不得了，根本说不出话来。

西西曼先生继续说："小屋里住着一个大叔，还有一个名叫海蒂的小女孩，这几天应该还来了几个法兰克福的客人。”

听到这里，彼得吓得魂都飞了，他确信问路的这个人就是警察，一定是来处理轮椅事件的。他一直往后退，最后一下子从小土堆上滚了下去，手中的电报也被撕碎了。

西西曼先生只好自己向山上走去，幸运的是，他走对了路，没过多久他就看到了一间小屋，还看见了小屋前的海蒂、西西曼夫人，还站着一位小姐。西西曼先生向她们走去，快到小屋跟前时，他突然停下了脚步，他看到了什么？他不敢相信自己的眼睛，站在那里的女孩竟然是自己亲爱的女儿！

“爸爸，你怎么不走了，是要让我走过去吗？”克拉拉看见爸爸，早已抑制不住内心的激动。

西西曼先生此时已是热泪盈眶，他大步走到女儿身边，一把把克拉拉拥入怀中。

他看着眼前的女儿，欢喜地说：“这是真的吗？你能站起来了！我都快认不出你了。”

这时西西曼夫人在一旁说：“你也想给我们一个惊喜吗？不过，你没想到我们也给你准备的惊喜吧！这都是大叔和海蒂的功劳，让我们好好感谢一下他们吧！”

奶奶把西西曼先生带到大叔面前，两个人热情地握了握手，西西曼先生对大叔说，他觉得这就是一个奇迹，他完全没想到克拉拉的腿能好得这么快。他又转身抱起了海蒂，夸赞她真是一个神奇的小天使。

克拉拉还跟爸爸在屋里聊着天，奶奶已经散步到杉树林旁，享受着山上的自然风光。忽然她发现一个男孩正躲在树林里，这不就是刚才去送电报的孩子吗？奶奶把他叫了出来，领着他走到了阿尔姆大叔家。

大家看见彼得来了都跟他打招呼，只有爷爷面无表情地对彼得说："你想和我说什么？"

彼得低着头，红着脸说："我……我……轮椅是我推下山的……"大家人都看着彼得，彼得已经做好了接受惩罚的准备，他不想再被这件事折磨了。

然而爷爷早已看穿了一切，他对西西曼夫人说："因为克拉拉的到来，海蒂就不能和彼得上山了，所以他一直闹别扭，一怒之下就把轮椅推到了山下。"

没想到，奶奶和蔼地摸了摸彼得的脑袋，笑着说："如果没有彼得，可能克拉拉还站不起来呢！"听到奶奶这么说，大家都笑了起来。

"还有一件事。"彼得继续说，"电报被我弄坏了。"

这回大家笑得更开心了，奶奶指着西西曼先生告诉彼得："你的电报发得很快呀，他就是我的儿子！"

彼得心里的包袱终于放下了，他再也不用被心中的罪恶感所折磨了。他在心里默默发誓，以后再也不做坏事了，因为这样心里实在太难熬了。

奶奶和西西曼先生想要为克拉拉好好感谢一下阿尔姆山上的人。奶奶先问了彼得："现在我让你选择一样你想要的东西，告诉我，你最想要什么。"

彼得激动地想了很久，他想要一只红色的哨子，也想要一把可以砍树枝的小刀，最后他灵机一动，知道自己想要什么了，但是他不好意思说。

奶奶看出了他的心思，说："你尽管说好了，想要什么？"

"我……我想要两芬尼的钱……"

奶奶哈哈笑道："这没问题，以后我每周都可以给你两芬尼。"

彼得听了心花怒放，简直要跳起来了，多日来积在心里的不快一扫而光。

奶奶又走到海蒂身边，问海蒂想要什么。

海蒂想了想说："我想要我在法兰克福的那张床和枕头，我还想去看看婆婆，她快乐才是我的快乐。"

奶奶向海蒂保证，她一定会实现海蒂的愿望。

这时西西曼先生问阿尔姆大叔需要什么。

大叔想了很久，说道：“我都已经这把年纪了，不一定哪一天就去见上帝了，我走后，不能给这孩子留下任何东西，除了我，她只有一个姨妈，而我并不信任那个女人。如果您能在我死后帮忙照顾海蒂，不要让她沦落街头，就算是对我和这女孩最大的报酬了！”

西西曼先生紧紧握住阿尔姆大叔的手，真诚地说：“这一点请您放心，我一定会把海蒂当作自己的亲生女儿一样看待的！”

所有人的愿望都得到了满足，就这样，大家走到了山下，海蒂带着这些贵客来到彼得家，又拿起了那本《赞美诗》，大声地为大家朗读起来。

他们一同赞美着阿尔姆山，感谢着上帝，祝福着所有的人们……